DER WOLF

JOSEPH KAROL SMITH

DER WOLF

Novelle

Aus dem Englischen
von Frank Heibert

BERLIN VERLAG

Mix
Produktgruppe aus vorbildlich bewirtschafteten Wäldern und anderen kontrollierten Herkünften
www.fsc.org Zert.-Nr. GFA-COC-001278
© 1996 Forest Stewardship Council

Die Originalausgabe erschien 2008 unter dem Titel
The Wolf bei Jonathan Cape, London

Umschlaggestaltung: Nina Rothfos und Patrick Gabler, Hamburg
Typografie: Birgit Thiel, Berlin
Gesetzt aus der Bodoni von Greiner & Reichel, Köln
Druck & Bindung: CPI – Ebner & Spiegel, Ulm
Printed in Germany 2009
ISBN 978-3-8270-0796-4

www.berlinverlage.de

Für Louise und Clarke

1

Vor mir, weiter oben, knirschen Hufe im Schnee, ich höre es zwischen den Bäumen hindurch. Alles andere ist still. In der kalten Luft hängt der Atem wie eine Wolke um meinen Kopf, ich stehe reglos da und sehe nichts als den weißen Boden und die dunklen stachligen Baumstämme. Ich kann das Viech riechen. Sein Duft ist sauber und stark und erhebt sich über die kühleren Gerüche des Waldes, reizt mich, ruft mich. Es muss ganz in der Nähe sein, aber hier wachsen die Bäume so dicht, dass ich es nicht sehen kann, also bewege ich mich mit sachten Schritten vorwärts, ohne auf abgefallene Äste zu treten, so leise, dass höchstens eine Maus, die in ihrem Bau direkt unter meinen Pfoten schliefe, kurz ein Auge aufmachen würde und wieder zu, wenn ich vorbei bin.

Das Geräusch der Hufe wird übertönt von einem kurzen, lauten Schnauben, das durch diesen stillen Wald hallt wie ein Donnerschlag. Es muss groß sein, das Viech, denn meine spitzen Ohren hören nicht nur den Atem, der aus seinen Nüstern dringt, sondern die Stelle, von der er ausging, die großen, kräftigen Lungen tief in der breiten Brust. Ich beschleunige mein Tempo etwas. Vielleicht hat es geschnaubt, um die Nase freizubekommen, weil es Gefahr spürt. Der Wind steht günstig für mich, es wird mich noch nicht gewittert haben, aber auch wenn ich mich so leise voranbewege wie der sanfte Wind, diese Viecher haben Fähigkeiten, die ich nicht begreife. Wenn es sich in Gefahr wähnt, könnte die Jagd vorbei sein, noch bevor sie richtig begonnen hat.

Ich laufe zwischen den Bäumen hindurch und lausche dem regelmäßigen Trommeln und Knirschen der Hufe im Schnee, mein Herz schlägt schneller, meine Nüstern klaffen weit, um den frischen Geruch aufzufangen, der mich vorwärtstreibt. Bald werde ich es sehen, ganz bestimmt, und meine Erregung lässt mich über den Boden fliegen, meine Beine bewegen sich schnell, meine Pfoten finden lautlos ihren Weg über und um die kleinen Dinge, die herausragen aus der glatten weißen Schneefläche. Es ist, als gäbe es nur noch meinen Kopf mit wachen Augen, gespitzten Ohren und starker Nase, und alles Andere würde darauf zustreben, auf mein offenes Maul zu, wo mir die Luft über die Zunge rauscht und durch die Zähne.

Es hat wieder angefangen zu schneien, und der Tag wird plötzlich dunkler. Der Wind frischt auf, und ich rieche das Viech deutlicher – ich rieche, wie gesund und stark es ist, und auch, wie nah, und so werde ich langsamer. Ich schaue nach vorn zu der Masse aus Bäumen, zu den Zwischenräumen, und dann sehe ich es, eine große dunkle Gestalt, die sich langsam voranbewegt, das Vorderende tiefer, da es mit gesenktem Kopf am Boden nach Nahrung schnüffelt. Ich laufe, hundert Bäume entfernt, parallel zu dem stetig voranschreitenden Viech, das nicht weiß, dass ich es begleite und beobachte und versuche, die Kraft seiner Beine einzuschätzen, die Stärke seines Halses, das Format seines Geistes. Aber ich bin zu weit weg, um diese Dinge zu erkennen, also verkürze ich den Abstand, komme ihm langsam näher, wie der Schatten eines Baumes, während die Sonne höher steigt.

Ich bin nah genug herangeschlichen, um das Fell an seinem dicken Hals zu erkennen, als das Viech stehen bleibt, jäh den Kopf hebt und mit großen braunen Augen und feuchten Nüstern die Umgebung einsaugt. Es muss wissen, dass ich hier bin, obwohl ich kein Geräusch gemacht habe. Manchmal ist das so mit ihnen – sie bleiben stehen und lauschen, auch wenn man kein Geräusch gemacht hat, sie halten inne und wittern, obwohl der Wind den eigenen Geruch fortbläst, sie schauen, dabei ist man verborgen und reglos wie ein Stein. Aber sie spüren einen trotzdem, wie die tiefste Wurzel eines Baums spürt, dass sich ein Spatz auf seinen höchsten Ast gesetzt hat.

Bewundernswertes, großartiges Viech. Eine Kuh. Während ich sie beobachte, wie sie nach mir sucht, bäumt sich etwas in meiner Brust auf, das sich anfühlt wie Hunger, aber nicht im Bauch. Das Gefühl bekomme ich immer, wenn ich diesen Wesen gegenüberstehe. Ich verstehe es nicht, aber ich weiß, es unterscheidet mich von anderen Lebewesen, von den Bäumen und vom Schnee, es ist mehr wie Feuer, mehr wie Herbst statt Sommer. Und so fängt es an. Es endet auf unterschiedliche Weise, aber es fängt immer so an, und stolz, als gehörte ich zur Stille des Waldes, trete ich hinter dem Baum hervor, der mich verbarg, und ihr entgegen.

Sie sucht noch einen Moment lang, Kopf und Ohren drehen sich langsam herum, bevor sie mich erspäht. Sie hebt den Kopf etwas höher, und ihr Blick trifft meinen. Er zeigt keine Angst. Jetzt ist es, als wären alle Bäume verschwunden, als läge nichts zwischen uns als die Schrittlänge des anderen, keine Geräusche außer Atem und Puls des anderen, die wir nicht hören können, aber, die eigenen hörend, zu hören glauben. Wir stehen einander reglos gegenüber, der Schnee fällt uns auf den Rücken, alles ist still und friedlich. Doch das ist eine Illusion, denn im Angesicht des anderen wissen wir, dass die Luft aufgeladen ist mit Witterung und Gefahr, dass die Stille bald von Schreien zerrissen werden könnte, der Friede von Schmerz.

Ihre Augen sagen mir, dass sie alt ist, aber immer noch stark. Ich sehe in ihnen Bilder aufblitzen, ihre Erinnerungen, das, was sie mir zeigen möchte. Ich sehe, woher sie gekommen und wo sie gewesen ist, dass sie viele Kälber großgezogen hat, dass sie mit vielen Wölfen gekämpft hat und nie zu Boden ging, um zerrissen und gefressen zu werden. Sie sagt mir, dass sie noch nicht bereit ist zu sterben, dass sie kämpfen und mich töten wird, wenn sie es schafft. Das will sie mir zeigen, und beim Blick auf ihren immer noch mächtigen Körper, ihr volles Fell und ihre tiefen, klaren Augen weiß ich, dass sie nicht lügt und nicht bereit ist für den Tod. Manchmal, wenn sie alt sind oder sehr jung und verängstigt, betteln sie um den Tod und tun nur so, als wehrten sie sich, und nach einer kurzen Hetzjagd hat man sie schnell am Boden und aufgerissen, nicht am Hals, sondern am Bauch.

Aber bei dieser hier wird es anders, das weiß ich. Sie ist bereit zu kämpfen, und in diesem Wissen spüre ich jenes Aufbäumen in der Brust und den Hunger in der Magengrube. Ihre Augen sind wunderschön und herausfordernd, und als Antwort sage ich ihr, dass ich jung bin und stark und, obwohl ich seit vielen Tagen nichts gefressen habe und meine Rippen ein wenig unter meinem Fell hervorschauen, kraftvoll genug, sie anzugreifen und ihr das Leben zu nehmen.

Und ich frage mich, was sie wohl fühlt, während sie mir in die Augen schaut, weil ich weiß, woher ich gekommen bin und was ich bin, denn ich bin der Wolf, der Leben nimmt: das Raubtier. Ich greife mit offenen Augen an und sehe den Tod hell und wild im Blick meiner Beute springen. Ich bin der Wolf, der Schatten, der das Licht des Todes bringt, ich bin das Lebewesen, das den ängstlichen, mühseligen Horden Freiheit schenkt und das Leiden ihrer Schwachen beendet. Ich war bei vielen und hörte ihren letzten Atemzug, ich habe sie gehalten, bezwungen, gerissen, während sie stöhnten und um das Leben kämpften, das sie schon weggeworfen und zu leben vergessen hatten, habe sie gewärmt und schließlich wiedererweckt im Feuer ihres Endes.

All dies zeige ich dem Viech in einem Lidschlag, und obwohl die Kuh weiß, dass ich allein bin, ohne ein Rudel, das mir helfen könnte, sie niederzureißen, hat sie Angst. Auch ich habe ein bisschen Angst, während ich sie betrachte. Sie ist alt, über das Alter hinaus, mit dessen Stärke ich mich niemals messen könnte, aber die karge Ernährung dieses langen, hoffnungslosen Winters hat mich geschwächt, deshalb sind wir auf Augenhöhe, und es wird eine würdige Jagd. Wir starren einander noch einen Moment länger an und sehen in diesem Moment alle Stärken und Schwächen des Anderen. Die Entscheidung ist gefallen. Sie wendet sich ab und setzt sich in Bewegung, zwischen den Bäumen hindurch, und ich komme ihr ohne Eile nach, die Verfolgung hat jetzt erst begonnen.

Den Blick fest auf der dunkelbraunen Gestalt zwischen den grauen Bäumen, die in stetem Tempo über den weißen Schnee läuft, und selbst nie zu nahe und nie zu weit entfernt, verliere ich mich bald in jenem anderen Raum, wo alles still ist, aber sehr hell. Ich habe schon am stillsten dieser Wintertage innegehalten, um zu lauschen, und festgestellt, dass ich nichts hörte. Doch je länger ich wartete, desto mehr konnte ich hören – die kleinsten Geräusche, die aus der Stille aufstiegen –, einen Ast, der zerknackte oder mit fernem Aufprall herunterfiel, den Ruf eines Vogels, das Kratzen eines Insekts tief im Holz eines toten Baumes. Ich höre diese Geräusche nur, wenn ich sie nicht zu hören brauche, als wüssten sie, dass sie sich bemerkbar machen können, weil ich nicht auf sie lausche. Und jetzt, als ich das Viech verfolge, ist es dasselbe. All meine Aufmerksamkeit richtet sich auf die langsam vor mir hertrabende Gestalt, und ich kann alles Andere im Wald ringsum hören, einen See der Geräusche, auf den das Trappeln ihrer und meiner Schritte herunterregnet.

Und der Wald selbst, diese Masse aus schlafenden Bäumen unter weißem, alles bedeckendem Schnee, die Eiszapfen, die von abgebrochenen und verdrehten Ästen hängen wie Zähne in einem kranken Maul, lauscht der Wald unseren Bewegungen? Spüren die Bäume in ihren Wurzeln die Hufe des darübertrabenden Viechs? Spüren sie meinen seidigen Pelz, wenn ich unter einem ihrer Äste hindurchschlüpfe, erschauern sie im Schlaf, weil sie wissen, was mit denen geschieht, die immer noch wach sind in der Kälte, immer noch gejagt werden und Angst haben vor einem Tod, der ihnen leise folgt, mit feurigen Augen und einer rosa Zunge zwischen langen, scharfen Zähnen? Nein, davon können sie nichts wissen, und beim Laufen zwischen ihren Stämmen bin ich stolz darauf, wach und lebendig zu sein, anders als sie, und das muss dem Viech, das ich verfolge, ähnlich gehen. Bestimmt hat es sich seit Tagen nicht so lebendig gefühlt.

2

Langsam wird es dunkel, und ich beschließe, sie auf die Probe zu stellen. Sie hat ein stetiges Tempo vorgelegt und keine Schwäche beim Laufen gezeigt – keine Panik, keinen Versuch auszubrechen und keine Verlangsamung aus Müdigkeit. Ich bin ihr geduldig gefolgt, aber jetzt beschleunige ich, wechsle vom Trab zum gemächlichen Galopp, außerdem laufe ich ein Stück seitwärts, nicht mehr direkt hinter ihr, so dass sie mich im Augenwinkel sehen muss, einen grauen Schatten, der zwischen dem dunkleren Grau der Bäume hindurchhuscht. Sie sieht mich und wendet im Lauf ein wenig den Kopf. Ihre Augen sehen meine, und in diesem Moment zeige ich es ihr, die aufblitzenden Zähne und die aufgerissenen Bäuche von Viechern wie sie, außerdem aufgeschlitzte Rehhälse, das Blut und meinen Hunger nach alldem, meinen Hunger nach ihr. Es fällt mir leicht, ihr das zu zeigen, denn ich habe Hunger im Bauch, das Blut in meiner Brust fließt warm und treibt mich hinter ihr her, sagt mir, dass jeder Tritt in den Schnee natürlich ist: das, was ich bin.

Die Kuh fällt ebenfalls vom Trab in den Galopp, die braune Gestalt vor mir wirft sich nach vorn, das Geräusch ihrer Hufe im Schnee wird plötzlich lauter und weniger regelmäßig, als sie beschleunigt. Sie ist klug genug, nicht in Panik zu verfallen und so schnell zu laufen, wie sie kann – stattdessen schlägt sie einen schwerfälligen Kanter an, der zwar langsam wirkt, aber zügig genug ist, dass ich mich ein bisschen ranhalten muss, um mitzukommen. Es wäre leichter, wenn sie jetzt durchginge. Das war meine Hoffnung, als ich ihr meine vergangenen Jagderfolge zeigte, die von mir zugefügten Schmerzen, Zähne im weichen Unterbauch – denn wenn sie jetzt durchginge, würden ihre Muskeln schneller als meine ermüden, dann wäre ich im Vorteil und könnte versuchen, sie niederzureißen.

Aber sie ist alt und erfahren und glaubt, so lange wir beide laufen, hat sie eine Chance. Würde ich jetzt einen Angriff versuchen, aufholen und nach ihren Hinterbeinen schnappen, so könnte sie durchaus noch die Kraft aufbringen, sich scharf umzudrehen und mich wegzutreten. Also lasse ich sie weiterlaufen. Ich schließe noch nicht auf, setze die Zähne noch nicht ein, denn obwohl sie mich zu ermüden versucht, weiß sie nicht, dass ich, je mehr sie mich wegdrängen will, je mehr Abstand sie zwischen uns legen will, nur umso stärker werde.

Das ist der Fehler, den die Stärkeren immer begehen. Sie glauben, je wilder und kampfentschlossener sie sich geben, desto leichter können sie mich entmutigen. Doch je mehr sie kämpfen, desto größer mein Hunger, sie niederzuzwingen. Und diese hier, der ich jetzt durch das graue Ende dieses Wintertages folge, wird schon bald viel müder und schwächer sein als ich. So ist es nach meiner Erfahrung immer mit diesen Tieren, und obwohl sie selbst in ihren schwächsten Momenten immer noch gefährlich und stark sein können – selbst nach der längsten, härtesten Jagd, wenn sie immer noch entkommen könnten –, bin am Ende immer ich am Zuge, nach Herzenslust, und meine Lust auf Tod ist größer als ihr Wille zum Leben.

So laufen wir einige Zeit miteinander, eine Gestalt folgt der anderen zwischen den Bäumen hindurch, und der Tag um uns wird immer trüber, während die Nacht hereinbricht. Die schweren Trampelschritte der Kuh, das leichtere Wischen meiner Pfoten über den Schnee und, am lautesten, ihr Atmen, das wie ein Herzschlag vor mir ertönt, stetig und tief, all das erfüllt den Wald. Ich werde allmählich müde. Ich weiß, dass sie bestimmt auch müde ist, und verlangsame mein Tempo, sie wird, ohne es zu merken, auch langsamer werden – und tut es prompt, bis wir wieder bei dem frischen Trab von vorhin angelangt sind. Und kaum haben wir uns die Dunkelheit der einsetzenden Nacht erkämpft, ist die vorherige Anstrengung verflogen. Doch jetzt ist uns die Gegenwart des Anderen ein bisschen bewusster als vorher, und mit plötzlicher Erregung stelle ich mir vor, dass sie jetzt bestimmt ein bisschen mehr Angst hat als vorher.

Da es in diesem mäßigen Tempo vorangeht, fühle ich mich

bald schon ausgeruht, die Müdigkeit sickert aus meinen Beinen hinaus in die Dunkelheit unter den Bäumen, vielleicht in die schlafenden Bäume selbst hinein. Es ist eine schöne Nacht – kalt und klar, mit einer Mondsichel, die den Weg beleuchtet –, und im Wissen, dass ich eine Beute jage, atme ich die Luft tief ein, rieche das Holz und den Schnee und darüber die Witterung des Viechs, die sich ermutigend am Boden entlangzieht. Ich bin es zufrieden, bis tief in die Nacht diesen Abstand zu halten, bis der Mond sich verbirgt und ich mich selbst mit meinen scharfen Augen anstrengen muss, um den Weg zu finden. Und dann, wenn es sich anfühlt, als könnte die Nacht nicht noch schwärzer sein, werde ich den Kopf senken und das Maul öffnen, und meine Zähne, die unter der Nase vorstechen, werden die Kälte in der Luft spüren, während ich behutsam wieder in den Galopp falle.

Diesmal soll sie mich nicht kommen sehen. Ich lausche aufmerksam darauf, wo genau sie gerade ist, und dann suche ich mir einen Weg zwischen den Bäumen hindurch, in schnellen Sprüngen, hoffentlich durch die Stämme verborgen, so dass sie mich nicht aus dem Augenwinkel sieht. Das Hufgetrappel wird lauter, als ich mich nähere, aber der Rhythmus bleibt unverändert. Ich bin schnell und hole wahrscheinlich stetig auf, und ein paar Schritte weiter sehe ich, was ich im Dunkeln verloren hatte, das gleichmäßig vorankommende Viech – eine verschwommene Gestalt in der schwarzen Nacht des Waldes, die vor meinen Augen so deutlich aufscheint, als wäre es Tag. Es ist schwierig, diesen Tieren weiszumachen, man würde sie nach wie vor nur verfolgen, vor allem, wenn man ihnen so nahe kommt und so schnell läuft wie ich jetzt, aber vielleicht weiß die Kuh trotzdem noch nicht, wie nahe ich ihr schon bin. Erregt stürze ich mich in einen Sprint und zische zwischen den Bäumen auf sie zu, meine Pfoten trappeln auf einmal laut über den Schnee.

Aber diese Viecher haben merkwürdige Fähigkeiten, denn als mir die Geräusche meiner Pfoten auffallen, ist auch sie längst in vollem Galopp. Ich spüre, wie die Erde erzittert, und die Luft ist voll von dem Getöse schwerer Hufe, die herniederprasseln und das Viech vorwärtsjagen, so panisch, dass ihm fast die Muskeln reißen, fast die Knochen brechen. Die Kuh läuft schnell, und ich freue mich über ihr Tempo, doch noch befriedigter bin ich darüber, wie schnell ich ihr zu Leibe rücke, wie mühelos ich meine Beine in den Schnee stemme und ihr mit jedem Satz näher komme, bis ich direkt hinter ihr bin, der zertrampelte Schnee tönt ohrenbetäubend, und ihre Hufe krachen so nah hernieder, dass ich mich um sie herumducken muss.

Sie weiß, wo ich bin, und versucht eine Kehrtwendung, aber die Bäume stehen so dicht, dass sie dafür keinen Platz hat. Sie zögert, probiert es mit kleinen Richtungswechseln und sucht nach einer Stelle, wo sie genug Platz findet, um anzuhalten und zu kämpfen, und ich folge ihr mit Leichtigkeit, den Kopf im Laufen etwas zur Seite geneigt, das Maul offen und bereit zum Biss, und passe mich ihren Bewegungen an, um nicht zertrampelt zu werden. Sie zögert erneut, und ich springe, ihr Hinterbein im Visier, ich spüre die Anspannung des Muskels am Kopf und wirble herum, um die Zähne hineinschlagen zu können. Sie halten fest in Fell und Haut, aber nur einen Moment lang, dann reißen sie wieder heraus, es schmeckt nach Blut. Ich laufe weiter, doch genau als ich lande, schlägt die Kuh mit dem Huf nach hinten aus. Ich versuche, zur Seite zu springen, aber der Schlag trifft mich an der Schulter und schubst mich nach hinten, weg von ihr.

Im gleichen Augenblick, als ich stolpere und um mein Gleichgewicht kämpfen muss, weiß ich, dass sie einen ordentlichen Treffer gelandet hat. Ich verspüre kaum Schmerz und habe auch die Jagdlust nicht verloren, aber als ich wieder zur Verfolgung ansetzen will, merke ich eine Taubheit, ein Widerstreben, das sich von der Schulter bis in die Krallen ausbreitet. Von ihrem Tritt bleibt mir die Luft weg, und ich japse und sehe ihr wütend nach, während sie den Abstand zwischen uns vergrößert, ganz gleich wie sehr ich mich abmühe, mich kräftig vom Boden abstoßen und ihr nachkommen will, doch Schulter und Vorderlauf verkrampfen sich immer mehr, so dass ich nur noch mit seltsamen, langsamen, ruckartigen Bewegungen laufen kann.

Der Hunger in meinem Bauch, wohl wissend, dass er vermutlich einen weiteren Tag lang nicht gestillt wird, ballt sich allmählich zusammen wie eine Krankheit, und das Blut kocht mir so heiß in der Brust, als wollte es jeden Moment in den Kopf platzen. Ich versuche, weiterzulaufen, aber ich hinke schwer. Ich habe schon oft derlei Rückschläge erlebt und meine Beute trotzdem noch gerissen, deshalb verfolge ich die Kuh weiter, in der Hoffnung, dass sich das Bein im Laufen schon wieder lockern wird, aber ich muss feststellen, dass ich ihr nicht näher komme, sondern sie immer mehr in die Ferne rückt, bis sie schließlich gänzlich in der Dunkelheit verschwindet. Ich höre einen leisen, wütenden Laut, der aus den Bäumen zu kommen scheint, doch ein paar Schritte weiter wird mir klar, dass es mein eigenes, enttäuschtes Knurren ist. Sie kommt davon, und ich kann nichts dagegen tun. Ich kann nichts dagegen tun, dass das Geräusch ihrer Hufe in der Nacht versickert, dass von ihrem kräftigen, alles erfüllenden Geruch nach einer Weile nur mehr eine Spur am Boden bleibt.

Ich könnte versuchen, ihr so zu folgen, aber panisch, wie sie ist, wird sie lange so schnell wie möglich laufen, vielleicht sehe ich sie erst in ein paar Tagen wieder, und wenn ich bis dahin nichts gefressen habe, wird sie nur noch stärker sein als ich. Nein, meine Chance war hier und heute, an diesem Abend – das war der Maßstab für uns beide. Sie ist durch einen einzigen gut gezielten Tritt davongekommen, sie hat ihre Chance genutzt, als ich versäumte, sie richtig zu packen – und wo eben noch jeder neue Schritt so natürlich war wie der Wald selbst und das Viech und ich miteinander verbunden waren wie fließendes Wasser, sind wir jetzt seltsam getrennt, und die Jagd ist vorüber. So geht es manchmal.

Ich verlangsame auf Schritttempo, und irgendwann höre ich auf daherzuhinken, bleibe einfach stehen und schaue in die Dunkelheit zwischen den Bäumen, dort, wo ich sie zuletzt sah. Der Wald ist zu seiner nächtlichen Stille zurückgekehrt, und mein Atem ist das einzige Geräusch, das ich hören kann, er bildet Wölkchen um meinen Kopf, nachdem er mir aus den Nüstern gequollen und zwischen den Zähnen nach oben gezogen ist. In der Schulter, wo der Tritt sie traf, spüre ich einen leichten Schmerz, aber das ist eine Lappalie, bis morgen früh ist er weg, das weiß ich. Mit einem Mal bin ich sehr müde. Ich habe immer noch Hunger, aber das ist auch eine Lappalie, denn ich habe seit Tagen Hunger, das wird bis morgen früh nicht anders sein.

Schlimmer als Müdigkeit und Hunger aber ist das Gefühl der Niederlage – ich hatte die Chance, ein prachtvolles Viech zu reißen, und habe versagt –, und das macht mich wütend und stolz zugleich, zutiefst stolz auf das, was ich bin, und darauf, was sie getan hat, um dem zu entkommen, was ich kann. Schwach rieche ich sie noch und stelle mir vor, ihr leises Hufgetrappel zu hören, höre es aber nicht. Lange fixiere ich die Schwärze zwischen den Bäumen, und erst als das Gefühl in meiner Brust ganz weg ist und nichts als hohle Leere hinterlässt, wende ich mich ab und suche mir einen Schlafplatz.

3

Als ich am nächsten Tag aufwache, weiß ich sofort, obgleich der Himmel grau ist und ich die Sonne nicht sehen kann, dass ich lange in den Vormittag hinein geschlafen habe. Ich stehe auf und strecke mich, die Schulter fühlt sich noch etwas steif an, tut aber nicht mehr weh. Gähnend mache ich ein paar träge Schritte und spüre langsam den Tag ringsum: die Kälte, die Winterstille, die brütende Leblosigkeit des Waldes, die beunruhigend und tröstlich zugleich ist, denn es mag sich zwar wenig zu fressen finden lassen, aber zumindest bin ich anscheinend der Einzige, der danach sucht. Der allgegenwärtige Hunger des Winters sitzt mir ruhig im Bauch, schuld daran, dass sich die Rippen unter dem Fell abzeichnen und dass die Zunge voller Speichel ist, und das treibt mich auf die Füße, obwohl ich genauso gut bis zum Dunkelwerden hätte schlafen können. Ich brauche etwas zu fressen, und zwar bald, wenn ich nicht noch wesentlich schwächer werden soll, was schlecht für mich wäre, und so setze ich mich in Bewegung, das Steife in meiner Schulter löst sich langsam auf, die Bäume gleiten sacht an mir vorbei.

Dieser Winter ist schlimm. Ich habe davor schon vier erlebt, einen als Jungwolf, aber dieser ist der schlimmste. Schnee und Kälte haben alles Leben im Wald erdrückt, vertrieben oder verschlungen, um ihren eigenen verzweifelten Hunger zu stillen. Doch, es existiert schon noch Leben hier, aber eingeschlossen im Innern der Bäume als winzige Insekten oder tief unter den schlafenden Wurzeln, die Rehe oder Hasen ausgraben könnten, die aber kein Wolf verdauen kann. Die Vögel in den Wipfeln sind äußerst lebendig und werden dasitzen und zwitschern, wenn ich vorbeikomme, da sie wissen, ich kann sie nicht erreichen, sie beobachten mich drunten, einen Strom Grau in Bewegung, während ich mit bernsteingelben Augen zu ihnen hochschaue und mich frage, was sie wohl fressen, Insekten vielleicht oder womöglich sich gegenseitig.

Seit dem letzten Mond bin ich durch den Wald gezogen, habe Wege eingeschlagen, die ich vergessen glaubte, mich wieder an sie erinnert ohne Überraschung und mit geringem Ertrag, abgesehen von einer verblüfften Maus ab und zu oder einem trägen Käfer, obdachlos durch einen herabfallenden Ast, die ich ausgesetzt in einem kalten See aus Schnee fand und hastig weggekaut habe, dass die bitteren Säfte mir nur so ins Maul spritzten und mich fast zum Würgen brachten, aber ich habe sie trotzdem gierig verschlungen. Und jedes Mal, wenn ich dachte, die Gegenwart sei

hoffnungsloser als alles Bisherige, fand ich irgendeinen kleinen Happen, ein klägliches Mahl, das den wahren und gefährlichen Hunger gerade noch abwendete – von der Sorte, die den Körper zu Boden sinken lässt, statt mich wütend und mit gebleckten Zähnen voranzutreiben.

Doch auch wenn ich immer wieder irgendetwas zu fressen fand, war es meist so klein, dass mir die Knochen unter der Haut immer spitzer wurden, die Beine dünner, der Pelz stumpfer. So hungrig, so geschwächt war ich noch nie, und ich spüre zwar immer noch viel Kraft in mir, aber tief drinnen weiß ich, dass ich bald fressen muss, und zwar richtig. Wenn nicht, werde ich mich verändern – verändern zu etwas, das weniger ist, als ich sein sollte, und vielleicht ließe sich diese Veränderung nicht wieder rückgängig machen.

Ich laufe stetig über den Schnee und zwischen den Bäumen hindurch, und plötzlich packt mich eine Welle des Bedauerns, dass ich nicht mehr aus meiner Chance gemacht habe. Hätte ich nur die Zähne richtig in die Flanke dieses Viechs geschlagen, wäre ich seinem Tritt nur schneller aus-

gewichen, hätte ich nur die Willenskraft aufgebracht, ihm weiter zu folgen, wie langsam auch immer. Ist dieser verpasste Biss womöglich der Wendepunkt dieses Winters, ja, meines Lebens? Habe ich mich schon so sehr verändert, hat mich der Winter so sehr geschwächt, dass ich dem Viech nicht mehr folgen konnte, obwohl die Verletzung nur leicht war? Ist meine Veränderung schon unumkehrbar?

Ich mache größere Schritte und hoffe, dem Bedauern zu entkommen. Und bald darauf, in leichtem Trab unterwegs, gelingt mir das auch. Es gleitet in die Vergangenheit, wird zu einem Teil dessen, was ich bin, zur Erinnerung an einen Jäger, damit ich beim nächsten Mal besser bin, der Geist stärker, trotz der müden und nachlassenden Muskeln. Wenn ich dem nächsten Viech begegne, werde ich das Scheitern aus meinem Blick verbannen und vielmehr meine größere Erfahrung zeigen, das wird es sehen und verstehen und mehr Angst vor mir haben, so als wäre das Ganze nicht passiert. Der Gedanke daran lässt meine Schritte leichter werden, einfacher auf dem weichen Boden, jetzt komme ich zügig voran, sehe mich hellwach um und rieche alles, was es zu riechen gibt, bereit, eine Spur aufzunehmen oder auf die kleinste Bewegung zu reagieren.

Der Himmel hat sich zu einem tieferen Grau verdunkelt, als ich beschließe, Rast zu machen. Bald wird es schneien. Ich fühle, wie der Tag in der Schwebe hängt, auf das Ereignis wartet, das, obwohl es ständig vorkommt, immer noch ein bisschen überraschend für mich ist, aber vielleicht nicht für die Bäume, die es ständig fühlen müssen, da ihre Äste unter immer mehr Gewicht ächzen. Jedes Mal, wenn es schneit, werde ich daran erinnert, dass der Frühling noch fern ist, dass dieser Winter gerade erst begonnen und noch einen langen Weg vor sich hat, ausgehungert, während er vergeht, nach demselben Leben, nach dem mein Bauch schreit, und so nimmt er Leben und gibt es direkt der Erde zurück, als dürre gefrorene Leichen unter dem Schnee.

Die Flocken fallen, kleine weiße, abwärtstrudelnde Flecken, ungestört an diesem windlosen Nachmittag. Ich sitze da, später liege ich, mit ausgestreckten Beinen, drücke den Bauch gegen den Boden, um den Schmerz des Hungers zu lindern, und sehe mir den fallenden Schnee und die Bäume an, den weißen Boden und den dunklen Himmel über mir. Diesen Teil des Waldes kenne ich kaum, er befindet sich genau am Rand des Gebietes, wo ich bislang unterwegs war, und ich betrachte die Zwischenräume zwischen den Bäumen in der Nähe, hinter denen fernere, tiefgraue Stämme stehen, die so dicht wachsen und sich so weit hinziehen, dass sie zu einer Mauer werden, durch die nur die winzigsten Fetzchen

Raum sichtbar sind. Und mit einem jähen Schock der Angst wird mir klar, warum ich hierhergekommen bin, warum ich so weit gelaufen bin, dass das Land vor mir zum ersten Mal wie eine Grenze erscheint.

Ich stehe rasch auf und schüttele mir den Schnee vom Rücken. Ich könnte mich durchaus länger ausruhen, aber wenn es eine Chance gibt, auf den Wegen, die ich kenne, eine Mahlzeit zu finden, darf ich sie mir nicht entgehen lassen. Der Gedanke an das, was jenseits dieser Wege liegt, lässt mein Herz schneller schlagen und mir ein Unbehagen über den Nacken kriechen.

Wie merkwürdig, dass ich an all diesen Tagen, als ich von einem Hügel, durch ein Tal zum nächsten zog, nicht gespürt habe, was mich wirklich hierhergeführt hat!

Ich hatte gehofft, noch einmal auf ein Viech wie gestern Abend zu treffen, auf genug Nahrung und Kraft also, um an die Orte zurückzukehren, die ich besser kenne. Aber ich konnte es nicht reißen, und jetzt bin ich wieder hier und tue so, als folgte ich diesen Wegen auf der Suche nach einer Maus oder einem Hasen, dabei werde ich die ganze Zeit an den Rand meines Reviers gezogen, an den Rand dessen, was ich kenne. Und während ich die Bäume vor mir betrachte, kommt es mir vor, als wäre aus ihrem Schlaf mittlerweile ein feindseliges Schweigen geworden. Sie stehen beisammen wie eine Herde, Flanke an Flanke, sehen mich an und warnen mich, nicht näher zu kommen. Je länger ich hinstarre, desto lebendiger und gefährlicher werden sie, bis sie keine Herde mehr sind, sondern ein Rudel, ein Rudel aus grauen Formen, riesige Beine meiner Gattung, und ich schaue zum Himmel über ihnen, halb erwartend, dort ihre Oberkörper und Riesenköpfe zu sehen, die mein Starren erwidern. Aber da oben ist nur ein stumpfer Himmel und fallender Schnee.

Der Hunger in meinem Bauch windet sich immer noch und beißt nach mir, und ich setze mich wieder in Bewegung, weder auf den Rand zu noch von ihm weg, ich bin auf einem alten Weg, der sich bestimmt auch als fruchtlos erweisen wird. Das Land hier steigt an, der Weg führt einen Hügel empor und schlängelt sich langsam an seiner Flanke hoch bis zum Kamm. Dieser Kamm ist es, der mir Angst macht, oder vielmehr das, was jenseits des Kamms in dem Tal darunter existiert, und ich gehe langsam darauf zu, in der Hoffnung, von irgendetwas abgelenkt zu werden, das sich bewegt, von einem Geräusch oder Geruch aus der Tiefe des Waldes, etwas, das mich von diesem Ort wegruft und von dem Kamm da oben. Aber da ist nichts. Hier gibt es kein Leben außer mir, und obgleich jetzt eine Nervosität Hals und Beine erfasst, laufe ich weiter, die kalte Leere im Bauch treibt mich voran. Ich setze jeden Schritt, als ginge ich durch Wasser, als würde ich in meinem eigenen heftigen Verlangen schwimmen und hätte keine andere Wahl, als ans andere Ufer zu kommen und wieder hinauszuklettern.

Das Land wird steiler, und meine Atemzüge ballen sich zu Wolken zusammen, während ich den Hügel erklimme, der

Schnee ist tief und löst sich in dicken Klumpen, die leise hinter mir herabplumpsen. Noch ein paar Schritte, dann stehe ich auf dem Kamm, stehe auf dem Rückgrat des Hügels, der Wald hinter mir ist dicht, aber vor mir wachsen nur wenige Bäume mit großen Zwischenräumen, die den dunklen Himmel dahinter sichtbar werden lassen. So nah dran zu sein, hat meine Nervosität in Erregung verwandelt, und hungrig wie ich bin, schmecke ich plötzlich Spucke auf der Zunge. Ich stehe da und starre nach vorn und denke, ich könnte mich jetzt abwenden und in den Wald zurückkehren – ich könnte es darauf ankommen lassen, ob mir auf dem Rückweg eine Mahlzeit über den Weg läuft. Oder, so denke ich und schlucke, ich könnte noch ein paar Schritte weitergehen, zu dem letzten jener Bäume vor mir. Ich kann ja, selbst wenn ich diese Bäume erreiche, immer noch kehrtmachen, zurück zu dem, was ich kenne, was ich bin und sein sollte.

Ich mache einige Schritte vorwärts und schaue, den letzten Baum neben mir, in das Tal unten. Da wächst nichts; nur ein Laken aus Schnee rollt hinab, weg von mir, und fängt den letzten Schimmer des Tages mit schwachem Leuchten ein, immer noch heller als die ersten Sterne oben, die sich in den Himmelspfützen zwischen den Wolken zeigen. Jenseits des Tales geht der Wald weiter, bedeckt die Hügel, die in der Ferne zu Bergen ansteigen, gezackten Riesen am anderen Ende der Landschaft, und sie verschwinden im Abendhimmel, verblassen rasch wie Trugbilder. Und als die

Berge fort sind, fällt mein Blick wieder ins Tal und auf ein Bauernhaus, den oberirdischen Bau des Menschen, der groß und unverrückbar daliegt wie ein Steinhaufen. Aus seiner Mitte zieht Rauch nach oben, und ein weiches gelbes Licht sickert an den Seiten in den immer dunkleren Abend hinaus. Ich stehe da und empfinde weder Bewunderung für das, was der Mensch gemacht hat, noch Ehrfurcht vor diesem eigenartigen Unterschlupf mit seinen geraden Linien und scharfen Ecken, sondern Verachtung für den Panzer, hinter dem die Menschen sich verstecken, so tot wie der Stein, aus dem er gemacht ist, so anders als die einfach schlafenden Bäume.

Und welchen Schritt tue ich von hier aus? Wende ich mich ab und kehre mit großen Sprüngen in den Wald zurück, in mein Revier, in der Hoffnung, etwas Lebendiges zu finden, das ich jagen könnte, und mit jedem Schritt ein bisschen schwächer? Oder gehe ich da hinunter, zu diesem Ding im Tal, an einen gefährlichen Ort, wo es keine Hoffnung braucht, sondern nur die nötige Willenskraft, um Angst und Ekel zu überwinden, die ich verspüre? Mein Instinkt sagt mir, ich sollte mich umwenden und zu den Wegen zurückkehren, die ich kenne. Aber dieser Hunger im Bauch, die Erregung in Brust und Beinen, alles schreit lautlos nach Gefahr, nach dem Bauernhaus da unten und dem Kitzel, eine Grenze zu überschreiten, die ich nicht überschreiten sollte – ein Vergehen, das mir ganz sicher die Nahrung einbringen wird, die ich mir mehr als alles Andere wünsche. Lägen die Dinge anders, wäre ich nicht hier, wäre niemals hergekommen. Aber ich bin hier und am Verhungern, und ich werde nicht umkehren, weil ich es einfach nicht kann. Ich kann nicht zulassen, dass ich noch schwächer werde, und wenn das bedeutet, dass ich ins Tal gehen muss, um zu fressen, dann muss ich eben.

Also ziehe ich ins Tal, gleite den Abhang hinunter wie der Schatten einer Wolke, die geschwind dem hellen Mond nachläuft. Mit gesenktem Kopf spüre ich die geballte Kraft meines Körpers, des Hungers, der von den Pfoten bis in die Schulterblätter aufsteigt, am gestreckten Hals entlang und bis in die Spitzen der Zähne. Die Luft ist kalt und dick, und ich durchschneide sie, ein zartes Trappeln auf dem Schnee unter mir, über mir der Flickenteppich aus Wolken und schwarzem Himmel, dann läuft der steile Hang schläfrig aus, und vor mir liegt das Bauernhaus mit seinen zwei großen, leeren, gelben Augen, die mich mustern, als ich darauf zusteuere.

Am Talgrund wird das Land vollkommen flach, und ich rausche darüber hinweg, auf das Bauernhaus zu, höre den wispernden Schnee unter mir und spüre in meiner Erregung alles mit der Helligkeit und Klarheit von Eis. Aber ich bin auch auf der Hut. Die Winterfrische wird übertönt von einem Brandgeruch und, noch schlimmer, dem Geruch von Menschen, der mich auf der Stelle nervös macht. Ich bin im Wald schon einmal auf diesen Geruch gestoßen, aber dort war er schwach und meistens viele Tage alt, hier aber – hier ist er frisch und liegt so schwer auf dem Land wie Schnee. Noch nie habe ich so viel davon um mich gehabt. Im Wald beunruhigt mich eine Menschenspur einen Moment lang, aber wenn er so stark ist wie jetzt, dann weiß ich, hier herrscht Gefahr, eine unbekannte Gefahr, die sich überall ausbreitet wie der Geruch selbst.

Ich erreiche die Seite des Bauernhauses und schaue nach oben, wo in der Höhe dicker Rauch in die Luft strömt, als stieße ein riesiges verletztes Viech unter Mühen seine letzten Atemzüge in die Nacht, während ich, klein und flink, unbemerkt zu ihm hingeschlichen bin. Leise bewege ich mich entlang der Wand, der Stein erhebt sich wie eine Klippe an meiner Seite, und auf der anderen erstreckt sich der weiße See aus Schnee zum Wald hin. Ich glaube etwas zu hören und erstarre, eine Pfote auf halber Höhe, doch dann spüre ich nur mein eigenes, nervöses Herz, das in der Brust klopft, und das Wispern meines Atems, der in Wolken um meinen Kopf und in der Luft vor mir steht. Ich nähere mich mit behutsamen Schritten den großen gelben Augen oben im Stein. Als ich unter diesen Augen entlanglaufe, halte ich inne und schaue hoch, direkt hinein, und stelle mir vor, ich sähe Angst in diesem blassgelben Schimmer – das verschreckte Starren des erschöpften Tiers, das hilflos zusieht, wie der Wolf kommt und ihm in den weichen Bauch beißt.

Ich wende den Blick wieder ab und folge der Wand bis ans Ende. Ich recke den Hals und strecke ihn langsam um die Ecke, um den Ort zu sehen, wo die Schafe gehalten werden, ein kleines Areal gleich am Bauernhaus, nicht weit von der Stelle, wo ich halb verborgen stehe. Ich überlege, ob einige von ihnen wohl wach sind, ob jetzt gerade wohl eins von ihnen eine fremde Gestalt sehen kann, spitze Ohren und leuchtende Augen, als wäre der Steinkante ein Kopf gewachsen, um sie anzuschauen. Aber keines rührt sich, und ich komme um die Ecke, trete plötzlich in ihren üppigen Geruch, der mich zugleich erregt und anwidert. Hinter dem Stockgewirr, das sie einsperrt, erscheinen sie als milchige Umrisse im Dunkeln, aneinandergekauert schlafen sie unter ihresgleichen, in Kälte und heftigem Schneefall. Durch den Schnee bewege ich mich auf sie zu, eine dunkle Gestalt in der Nacht, und der Hunger brennt mir im Bauch.

Beim Näherkommen werden die Schafe für mich deutlicher. Blitzschnell unterscheide ich die Großen von den Kleinen und die Dünnen von den Schwachen, und welche wahrscheinlich beim Gehen hinken. Heute Abend aber wird es keine sorgfältige Auswahl geben. Mit diesen Wesen kann ich mich nicht als Jäger messen, denn sie sind vom Menschen geschaffen, Tiere, die er gefoltert hat, bis sie ihre Wildheit aufgaben, und hässlich gemacht, weil sie seinetwegen den Instinkt verloren, nicht nur durch das närrische Aneinanderkauern und das panische Im-Kreis-Rennen. Ich würde lieber das Aas eines Wildtiers essen als eines dieser Schafe reißen, und wäre ich stark genug, dann würde ich sie heute Abend alle umbringen, nicht im Blutrausch, sondern weil ich ihre Schwäche hasse, wie alle Wölfe es tun, und unsere Abneigung und Furcht vor dem Menschen und seinen Taten könnte man bei Tagesanbruch hundert blutbefleckten Leichen ansehen, die im Tod wilder erscheinen würden als zu Lebzeiten.

Diese Gedanken durchschießen mich so rasch wie ein wütender Atemzug, und dann stehe ich am Zaun und mustere eine runde Schwellung aus Fleisch, die mir durch die Stöcke entgegenquillt. Ich weiß nicht, welcher Körperteil des Schafs es ist, aber das macht nichts – nicht bei diesen Tieren –, Hauptsache, ich kann die Zähne hineinschlagen. Also lasse ich den Körper auf die Pfoten sinken, und der Boden fühlt sich ebenso fest und bereit an wie die Zähne hinter meinen zurückgerollten Lefzen. Ich stoße zu und packe das Schaf, drücke ihm die Schnauze ins Fell, und obwohl es nur einen Augenblick dauert, spüre ich den kurzen Widerstand, bevor die Kraft meiner Kiefermuskeln die dicke Haut durchstochen hat und ich die Zähne in das Fleisch darunter bohren kann.

Die Stille wird von den Schmerzens- und Angstschreien des Schafs zerrissen. Es springt jäh auf, ich sehe seinen Kopf, der sich über dem Körper erhebt und mir zuwendet, das Maul zu einem nicht enden wollenden Schrei aufgesperrt, die Augen angeschwollen von plötzlichem Entsetzen. Es windet sich, versucht sich aus dem Griff meiner Kiefer zu befreien, und ich halte mit aller Kraft dagegen, spreize die Pfoten am Boden und zerre das Tier nach hinten, egal, ob ich es ganz durch den Zaun ziehe oder nur ein Maulvoll abreiße. Die anderen Schafe sind in Panik und blöken allesamt gellend, aber sie sind mir ebenso egal wie das abrupte Ende meiner Unauffälligkeit, denn ich merke, wie das Schaf auf mich zukommt – ich ziehe es durch den Zaun, oder einen Teil von ihm, meine Zähne sitzen ihm wie gnadenlose Widerhaken im Fleisch. Und mit jedem neuerlichen Zerren spüre ich, wie etwas reißt, vielleicht das Holz des Zauns, vielleicht das Bein des Tieres, das sich vom Rücken löst – ein köstliches Zerreißen, mit jedem Zug weicher und länger.

Plötzlich hellgelbes Licht, das alles flutet, bevor es mich erreicht, mir in die Augen springt – ich bin geblendet, aber nur einen Moment lang, bevor wieder Konturen ringsum erkennbar werden, verschwommen, golden. Ich ziehe an dem Schaf, aber etwas schwächer, denn ich bin verwirrt von dem Licht und habe auch ein bisschen Angst, da sollte kein Licht sein, es sei denn, ich hätte auf meinem Weg vom Hügel hinunter an diesen Ort irgendwie die ganze Nacht durchquert. Und jetzt ist ein anderes Geräusch zu hören, wie ein Raunen unter den Schreien des Schafs neben mir. Ich halte den Kopf schief, um dorthin zu schauen, und da sehe ich, im Licht, durch das wollige Schafsfell, eine riesige Gestalt auf mich zukommen, die Geräusche werden deutlicher und verbinden sich, aus der Helligkeit heraus, auf einmal mit der Bewegung.

Schritte, die auf mich zukommen! Und mit ihnen der schaurige Geruch des Menschen. Ich sperre das Maul auf und schüttele das Tier ab, schnelle vom Zaun weg, von dem Wesen, das immer näher kommt. Meine Vorderpfoten rutschen im Schnee aus, und ich falle vornüber, krache mit dem Kopf auf den Boden, das offene Maul knallt mit lautem Klacken zu. Ich höre, dass der Mensch jetzt ganz nah ist, versuche aufzustehen, winde mich im Schnee, bis ich den ganzen Boden unterm Körper habe und mich hochdrücken kann, um ihm entgegenzutreten, ich stehe mit gesenktem Kopf vor ihm und sehe das Leuchten in seinen Augen und den langen schwarzen Stock seines Gewehrs.

Er will mich kriegen und hebt das Gewehr, und obwohl ich weiß, dass mir der Tod gewiss ist und mir nichts lieber wäre, als durch die Luft zu fliegen und ihm an die Gurgel zu springen, bringt mich eine noch stärkere Kraft dazu, mich umzuwenden und loszurennen, so schnell, als würde ich stolpern und stürzen, meine Beine ein einziges zappelndes Durcheinander. Und dann das Krachen in der Luft, das gegen alle anderen Geräusche donnert, ich erwarte Schmerz oder Tod, aber nichts kommt, und ich renne weiter. Ein zweites Krachen in der Luft, und jetzt rase ich bergauf, Richtung Wald, und das Getöse ist weniger ohrenbetäubend. Es wird steil, aber ich renne weiter, eine ungekannte Kraft schiebt mich hoch, bis das offene Gelände endet und ich zwischen den Bäumen angelangt bin.

Ich bleibe stehen und drehe mich um, in Sicherheit unter den Bäumen mit ihren dicken Stämmen und schützend verschränkten Ästen. Jetzt fällt kein Schnee mehr, ich kann zu-

rück ins Tal schauen, wo der Mann zwischen seinen Schafen umherstolpert, mit ausgestreckten Armen voll falscher Zärtlichkeit vom einen zum anderen geht und tröstliche Laute flüstert, um sie zu beruhigen – dieselben Laute, die er von sich geben wird, wenn sie das Schlachtmesser an der Gurgel spüren. Die Schafe sind immer noch in Panik und laufen vor ihm weg, wie sie es vor mir täten, aber sie beruhigen sich ebenso schnell, wie der Schneefall nachgelassen hat, und er kann sich jedem einzelnen widmen, nach Spuren meines Angriffs suchen.

Ich beobachte diese unangenehme Szene, während ich darauf warte, dass mein Herz wieder normal schlägt, mein Atem ruhiger wird. Ich bin noch nie so schnell gelaufen! Was für eine Kraft ich noch in mir habe, dass ich diesen Hügel so rasch hochgekommen bin! Ich denke, dass ich mich umdrehen und wieder in den Wald gehen werde, zögere dann aber. Ich will mir sicher sein, was ich da unten sehe. Ich will sicher sein, dass es gut ist, dass ich immer noch am Leben bin auf diesem Hügel, also starre ich wieder zum Bauernhaus hinunter und zu den winzigen Gestalten, die sich dort hin und her bewegen, und versuche mit schierer Willenskraft ein behagliches Gefühl in mir hervorzurufen. Doch da kommt nichts, denn ich weiß, dass etwas ganz Falsches passiert ist, und als ich mich gerade umdrehen will, wird mir klar, was es ist – nämlich dass ich Angst hatte, dass die Kraft, die ich verspürte, nicht meine eigene war, sondern etwas, das der Mensch mir eingeflößt hatte. So wie ich hier stehe, zögernd, am Leben und in der Lage, erneut mein Glück beim Töten zu versuchen, bin ich zum ersten Mal in der Situation des Gejagten, des Wesens, das sein eigenes Leben spürt, statt einem anderen seines zu entreißen.

Schrecken! Das war die Kraft, die mich wie der Blitz den Hügel hochschießen ließ, zurück in die Sicherheit dieser Bäume.

Und selbst als ich mich abwende und auf den Weg zurück in den Wald mache, spüre ich es hinter mir, dieses grässliche Gefühl der Angst, das Grauen vor etwas Unentrinnbarem. Vielleicht fühlt sich so auch das Viech, wenn ich hinter ihm her durch die Furche laufe, die es traurig in den Schnee pflügt, wobei es genau weiß, dass der Feind nicht aufgeben wird und dass es, einmal zur Rast angehalten, nie wieder aufbrechen wird. Ich laufe zügig weiter und weiß, dass mich nichts Anderes verfolgt als meine eigenen Gefühle – kein Mensch jagt mich, kein Tod wird heute Nacht über mich kommen, wie ein abgebrochener Ast im Schnee aufschlägt. Aber der Schrecken, den ich verspürt habe – der ist für mich realer als jedes Gewehr, jeder Hunger, und ich laufe lange weiter, dem Morgengrauen entgegen, so lange, bis ich weiß, weiter kann ich nicht, jetzt muss ich einen Schlafplatz finden, da der Himmel schon grau wird und die Vögel anfangen zu singen, ein grässliches Geräusch.

4

Ich wache auf und stelle fest, es schneit nicht mehr, und der Tag ist hell. Über Nacht hat mich Schnee bedeckt, und ich stehe auf und schüttele ihn rasch ab, strecke mich und gähne, mit steifen Gliedern. Ich blinzele, die Augen voller Schlaf, um den Tag ringsum zu betrachten – ein perfekter Wintertag, kein Wind, die Luft ist hell und klar und riecht frisch und sauber, alles strahlt, badet in dem leuchtend gelben Sonnenschein, der auf dem weißblauen Schnee glitzert und in den Eiszapfen an den Bäumen funkelt. Ich stehe in der gleißenden, friedlichen Stille, höre nichts, rieche nur die saubere Luft des Waldes und spüre die ersten Splitter Wärme, die sich ihren Weg durch das Fell auf meiner Schnauze bahnen – eine so zarte Wärme, dass sie durch jede Bewegung verloren ginge –, und wie ich da so wohlig in der Sonne stehe, weiß ich, diesen Tag werde ich auch noch überstehen.

Normalerweise wäre ich an so einem Tag faul, würde mich im Schnee räkeln und rollen. Ich würde reglos stehen oder liegen, um jeden Teil meines Körpers von der Sonne aufwärmen zu lassen, ich würde die Augen schließen und mich von der Helligkeit beduseln lassen, ich würde aufmerksam auf die leisen Geräusche in der Stille lauschen und an nichts denken als an das, was meine Sinne behutsam wahrnehmen. Doch schon meldet sich wieder die geballte Faust des Hungers in meinem Bauch, begleitet von einem plötzlichen Schwall der Angst und Scham, und mir fällt wieder ein, wie ich mich gestern gefürchtet habe – und mit leerem Magen den Hügel hochgejagt wurde.

Jetzt sind die beiden fest miteinander verbunden – mein Hunger und meine Angst, und ich weiß, ich muss essen, damit die Letztere nicht in mich einsickert und sich in mir festfrisst, mich umklammert und niederzwingt wie die Schlingpflanze den Baum. Was immer gestern Abend passiert ist, ich kann es nicht ungeschehen machen. Diese Gefühle bringen mich aus dem Gleichgewicht, aber ich lebe noch, und solange ich dieses Leben habe, werde ich weitermachen, ganz gleich, wie schwach ich werde. Denn nichts kann mich überrunden, keine Angst und keine Erinnerung kann mit mir Schritt halten auf den Wegen, die ich von hier aus einschlagen werde.

Vielleicht stoße ich im Wald auch auf eine frische Spur jenes Menschen, tief im Wald, bevor es Nacht wird, und er irrt blindlings umher und sieht überall Gestalten zwischen den Bäumen huschen. Das hoffe ich. Und ich ziehe los, langsam zunächst, und merke, wie sich mein Körper im

Gehen lockert, wie eine innere Hitze wächst und sich ausbreitet bis in die Schwanzspitze, wärmer als die ferne Sonne.

Es gibt gar keinen Grund, Angst zu haben. Ein Wolf, der so schnell wie ich jetzt gerade im Wald unter den Bäumen entlangläuft, fürchtet keinen Menschen. Ich habe sie gesehen, wie sie ihren Weg hindurchtrampelten und -hackten, grunzend vor Anstrengung, manchmal kippte sogar einer um, und lärmend gegen den Widerstand des dichten Unterholzes oder Gebüschs ankämpften oder im Tiefschnee ins Stolpern kamen. Sie haben keinen Blick für die Wege, die ich nehme – sie können nicht mit der unaufhörlichen Bewegung des typischen Wolfsganges über den Boden springen, die so einsam wie der Schatten ist und oft angetrieben von purer Freude statt Sinn und Zweck. Die Bäume meines Zuhauses sehen die Menschen als Schranken, den Schnee als Behinderung, die bittere Kälte und den beißenden Wind als Feinde – ich dagegen liebe all das, denn es macht mich stark, es zieht mich nicht nach unten, sondern schiebt mich an, wie jetzt, fort von der Erinnerung an Menschen.

Ich komme tiefer in den Wald und nehme schärfer wahr, was um mich her ist, lasse die gestrige Nacht auch rasch hinter mir. Und doch blitzt mir, jedes Mal, wenn ich daran denke, was geschehen ist, ein Flackern der Angst in der Brust auf und raubt mir den Atem. Im Dahintraben zwinge ich mich, daran zu denken, wie der Mensch vor mir stand und wie ich dachte, ich würde gleich getötet, und an den panischen Lauf hügelan. Ich zwinge mich zu der Erinnerung, als würde ich das Ende eines Knochens zermalmen, jedes Mal ein Widerstand, jedes Mal ist da noch irgendetwas, aber mit jeder Wiederholung wird es weniger, bis es schließlich fast vollständig weg ist. Vielleicht kam meine Angst nur von dem Schrecken, davon, dass das alles neu und unbekannt war.

Aber hat er mich verschont? Hätte er mich töten können und entschied sich dagegen? Er stand direkt vor mir und senkte das Gewehr – als ich ausrutschte, hatte er jede Gelegenheit, mich zu töten, und doch bin ich noch hier und laufe über dieses Land, das jetzt verschwimmt, als ich nach innen schaue, als ich die Leere verdauen will, die ich bei dem Gedanken verspüre, dass er mich hätte töten können und es nicht tat. Ich hätte ihm an die Gurgel springen sollen! Ich hätte ihn an Ort und Stelle in Stücke reißen sollen für sein Zögern. Aber ich konnte es nicht. Vielleicht kannte er die Angst, die er mir eingepflanzt hatte, und wusste, dass ich nur weglaufen konnte. Vielleicht hat er mich deshalb nicht getötet, nicht um mein Leben zu verschonen, sondern um mich zu verspotten. Nun, jetzt habe ich etwas gelernt und werde nächstes Mal keine Angst haben, wenn das alles nicht mehr neu ist.

Die Bäume, die grau und schmal aus dem weißen Boden sprießen, scheinen an mir vorbeizuziehen anstatt umgekehrt. Dann, auf dem Weg, der sich um einen von ihnen schlängelt, ist es plötzlich, als spränge der Schnee vor mir in die Höhe, und ich erschrecke, mein nächster Schritt ist mehr ein Luftsprung als einer nach vorne, und so werde ich aus meinen Gedanken wieder in die Welt zurückgezerrt. Dieser lebende Schnee wirbelt in der Luft herum und enthüllt lange Beine und lange Ohren, dann blitzt ein entsetzlich verängstigtes Auge auf.

Ein Hase!, denke ich, als die Gestalt vor mir sich langsam verdreht, der reine weiße Körper wird von der Dicke der kalten Luft gehalten, die Beine sind verhakelt, enthakeln sich aber wieder, als er hinunterfällt und am Boden landet. Mit offenem Maul stürze ich vor, um ihn zu fangen, aber da ich überrascht war und zögerte, ist der Hase schon gelandet und zur Seite gesprungen, als ich ankomme, und meine Zähne knallen zusammen und halten nichts. Jetzt macht der Hase einen Satz vorwärts und rennt los, und ich bin hinter ihm her, alle Gedanken verflogen, als meine Pfoten in den knirschenden Schnee treten, Hunger und Müdigkeit verschwinden, mit einem Schlag ersetzt durch die absolute Freude meines Vorhabens.

Der Hase rennt vor mir her, ein flaches, ausbalanciertes Flitzen, und ich bleibe dran, sehe nichts als seine weiße Gestalt, die über die Fläche des bedeckten Bodens wieselt, mal anmutig in die Kurve gelegt, mal großartig empor und zur Seite springend, wenn er meinen aufblitzenden Kiefern ausweicht, deren Zuklacken das Geräusch zertrampelten Schnees scharf übertönt. Ich folge und werde geführt von dem pulsierenden Leben vor mir, dem Leben, das ich geschenkt habe. Wir laufen und springen nur einen Augenblick lang zusammen im gelben Sonnenlicht über den Schnee – oder einen halben Tag lang, das weiß keiner von uns, bevor es nicht vorbei ist, aber jetzt sind wir mittendrin, in etwas Ganzem, das den Wald ebenso enthält wie den Boden unter uns. Der Hase könnte mir entgehen und hat eine gute Chance, denn ich bin geschwächt und ermüde schnell, und wenn er entkommt, wird er mit dem Wissen einschlafen, dass er heute überlebt hat, dass ein Wolf seinen schönen Bewegungen, seinen Sprüngen im hohen Bogen und seinen scharfen Kehren gefolgt ist, dass er, der Hase, vor mir geflohen ist und nicht gepackt wurde.

Aber bei einer seiner zackigen Kehrtwenden stolpert der Hase, ein kleiner weißer Fuß greift nicht, rutscht nach außen, und der Fehler reißt seinen ganzen Körper hinunter. Als die weiße Gestalt im Schnee taumelt und sich überschlägt, spüre ich einen Funken Mitleid: einen traurigen Blick für den Moment, wenn jede Jagd zum Ende kommt, ob es der krachende Absturz des gerissenen, lahmgelegten Tieres ist oder, wie jetzt, ein falscher Schritt nach so vielen schnellen, sicheren. Doch das ist kurz und schon vorbei, als ich zum Sprung ansetze, genau wissend, dass der Hase nicht mehr wegwitschen kann, und sehe, wie er hilflos gegen Luft und Schnee strampelt und zappelt.

Ich lande mit den Vorderpfoten, die den Hasen festnageln und derb zu Boden drücken, und als ich das Maul aufsperre, sehe ich das kleine schwarze Auge, das mich voller Entsetzen und Begreifen anblickt, der Geist seines pfeilschnellen Laufs ist verdrängt von schwacher, widerwilliger Zustimmung, Unterwürfigkeit verschleiert den vorherigen Trotz, ohne zu zögern schlage ich meine Zähne hinein – ich spüre das Knirschen kleiner Knochen –, und dann liegt der Hase zusammengesackt und reglos da.

Ich fresse in aller Ruhe – ich habe keine Brüder, mit denen ich konkurrieren müsste, und niemand sonst würde es wagen, mir meine Mahlzeit streitig zu machen. Ich kümmere mich nicht einmal darum, ob mich die schwarzen Krähen ärgern wollen, die normalerweise von den hohen Ästen aus mein Fressen beobachten und laute Rufe austauschen. Der Wald ist so leer, dass selbst sie heute ausbleiben, außerdem bliebe von einer so kleinen Beute sowieso nichts für sie übrig. Ein paar Bissen nur, und der schreckliche nagende Hunger so vieler Tage ist weg. Das Restliche kaue ich langsam, ich will nicht vorzeitig den Augenblick erreichen, da mir nur noch ein Bissen bleibt und dann nichts mehr. Die größten Knochen des Hasen sind leicht zu zerknacken, und bald ist wirklich alles weg, bis auf eine rot verschmierte Stelle am Boden, die immer noch intensiv duftet, und ich schnüffele unbestimmt danach, als gäbe es etwa noch mehr Fleisch.

Die Sonne strahlt weiter an einem fast wolkenlosen Himmel, und ich strecke und rolle mich im Schnee herum, ihre Wärme im Kopf, erleichtert, dass ich endlich den Hunger los bin, dankbar, dass ich mich zumindest vorübergehend nicht weiter voranschleppen muss auf der Suche nach Nahrung. Ich stehe auf, schüttele den Schnee ab, der in meinem Fell hängt, und finde nach einigem trägen Herumstreunen eine Stelle zum Rasten. Ich drehe mich einmal im Kreis, sinke zu Boden und rolle den Schwanz über dem Kopf ein, durch die geschlossenen Augen sehe ich, wie hell die Sonne ist, höre nichts von den Bäumen ringsum und spüre die ersten Strahlen wunderbarer Wärme, die mir durchs Fell dringen bis auf die Haut, während ich ohne einen Gedanken daliege und mich sacht im Schlaf verliere.

5

Die Sonne ist am Himmel weitergezogen, und ich liege im Schatten, als der Schlaf endet und ich wieder in die Welt gestoßen werde. Ausgekühlt strecke ich mich, stehe auf und spüre frischen Wind über dem Boden, der die Stille des Nachmittags fortweht. Es bewölkt sich, nur wenig Blau übrig, das gelbe Licht ist fast überall vom vertrauteren Grau verdrängt worden, und wo noch Sonne geblieben ist, springt sie in einzelnen Flecken zwischen den ziehenden Wolken hin und her, verblassend und verschwindend und woanders wieder auftauchend und erneut verblassend.

Die Temperatur sinkt, und schon bin ich hungrig. Es ist, als hätte es den Hasen, die Sonne, die Wärme und Befriedigung nie gegeben. Die Erinnerung daran ist wertlos im Vergleich zu meinem Gefühl jetzt – wieder hungrig, besorgt wegen meiner dünner werdenden Muskeln, müde, aber unausweichlich zum Weiterziehen gezwungen.

So ist das nach einem kleinen Fang. Im Winter lebe ich fast ständig mit dem Hunger – dieses Jahr mehr denn je –, und ich gewöhne mich daran, bis ich fresse, dann geht er weg, und nur, wenn er nicht mehr da ist, mache ich mir Sorgen darüber, dass er zurückkehren wird. Aber das war immer so. Ein Hase ist zu klein, danach bin ich schnell wieder hungrig, während ich von einem Viech immer zu viel fresse, bis ich so aufgebläht bin, dass ich am liebsten nie mehr etwas fressen möchte.

Was gäbe ich darum, in der Mittsommerhitze ein Viech zu verschlingen! Jetzt, hungrig und frierend, sehne ich mich nach seiner Üppigkeit. An den heißen Sommertagen aber, wenn selbst im Schatten der höchsten Bäume die Hitze unentrinnbar ist, wünsche ich mir die ferne Kühle des Winters. Es liegt in meiner Natur – anders als bei Rehen oder Schafen, die fügsam Maulvoll um Maulvoll ihres zarten Grases vor sich hin äsen –, hin und her zu wandern zwischen zu viel und nicht genug.

Ich laufe zwischen den Bäumen hindurch, achte auf meine Muskeln, suche in den Bewegungen meines Körpers nach der zusätzlichen Kraft, die mir das Leben des Hasen geschenkt hat. Es war eine kleine Mahlzeit, ein paar Maulvoll, vielleicht nur wenig mehr, als hätte ich den eigenen Schwanz gefressen, aber es ist in mir drin – dieser hüpfende Lauf, diese Sprünge und flinken Bewegungen und schließlich das süß schmeckende Blut, die Knochen. Vielleicht sind meine Augen jetzt schärfer, meine Schritte schneller und leichter, so dass der Nächste, der mir über den Weg läuft, geringere Chancen haben wird als zuvor.

Und das liebe ich auch – das Grau eines normalen Wintertages, den dunkler werdenden Schimmer eines bedeckten Himmels, den drohenden Schneefall, während ich über den stumpfen weißen Untergrund trotte, dem ansteigenden Gelände folge, immer höher, bis die Wälder und Täler ringsum in Sicht kommen, versunken und fern unter dem Grauschleier des ausklingenden Tages. Die Steigung flacht wieder ab, und ich springe voran, bis ich auf dem Gipfel eines Hügels stehe, das Land erstreckt sich im Zwielicht bis zum Horizont dort hinten, Hügel und Täler ein rollendes Meer blasser Leblosigkeit. Die Wolken in der Ferne sind immer noch löchrig, die Sonne durchbricht sie mit dicken Lichtstreifen, die glitzernde Tümpel inmitten der Düsternis bilden, aber nicht genug, um das so brutal vom Winter zermalmte Land zu neuem Leben zu erwecken.

Im Frühjahr und Sommer ist diese Welt grün und blau und von den strahlenden Farben der Blumen getüpfelt, überall zeigt sich Leben, in Bewegung und ohne Furcht, gesehen zu werden. Jetzt aber verbirgt sich alles, als hätte das ganze Land seinen Kopf unter den Flügel gesteckt wie ein Vogel, so kann der Winter nicht hineinsehen und vor allem: es selbst nicht hinaus. Ich schaue über die unzähligen Bäume hinweg, weiß gefleckte graue Stämme unter mir, die aus der weißen Erde ragen, und sinniere über das matte Leben, das so tief in ihnen weggeschlossen ist, hoffe, etwas Anderes zwischen ihren Ästen aufflackern zu sehen, irgendein verräterisches Anzeichen für Leben.

Ich bleibe stehen und starre lange in den Wald hinein. Als ich den Blick wieder zum Horizont hebe, sind die Sonnentümpel weggezogen und zu winzigen gelben Punkten geworden, ganz weit weg. Nichts hat sich geregt, und ich lasse den Kopf sinken, vor Müdigkeit schmerzt mir der Nacken, und die Leere unter mir scheint im Kopf widerzuhallen – der Klang eines weiteren fruchtlosen Versuchs, Nahrung zu finden. Schnell meldet sich der Impuls, weiterzulaufen zu einem anderen Ort, wo vielleicht Leben zu finden ist. Ich spähe hinunter zwischen die Bäume, wo der Weg verläuft, und hebe eine Pfote, um von der Hügelkuppe abzusteigen, und just als ich mich in Bewegung setze, sehe ich einen Ast von einem Baum zu Boden fallen, lautlos.

Ich halte inne, fasziniert von der Bewegung. Nachdem ich so lange in die leere Stille hineingestarrt habe, bin ich verzaubert, verblüfft, dass überhaupt etwas geschehen ist, auch wenn es nur wieder ein gebrochenes Reis ist, eines von vielen, belanglos. Aber einen Moment lang kann ich den Blick nicht davon lassen. Ich wünsche mir so sehr, etwas Anderes als nichts zu finden, dass ich gepackt bin, eine Pfote baumelt abgewinkelt am Vorderlauf und sinkt so langsam zu Boden, wie meine träumerischen Gedanken sich um das ranken, was zu sehen war. Und dann, immer noch wie im Traum, beobachte ich, dass der Ast wieder hoch in die Luft schwebt, eine Weile dort verharrt und sich dann an einen anderen Baum hängt.

Ich klappe das Maul zu und recke den Kopf mit einer weichen, raschen Bewegung, die Ohren sausen nach vorn und konzentrieren sich wie die Augen auf diesen neuen, seltsamen Ast. Als er fiel, fiel er doch lautlos, oder etwa nicht? Er ist nicht so weit entfernt, dass ich es nicht hätte hören können, deshalb bin ich jetzt misstrauisch, auf der Hut, eifrig, das Herz pocht mir laut in der Brust. All meine Aufmerksamkeit ist auf den Ast gerichtet oder auf die Stelle, wo ich ihn wahrzunehmen glaubte. Mein Blick ist so starr, als läge alles, was ich sehe, lose und glitschig vor mir. Dann fällt wieder etwas zu Boden, doch anstatt wirklich zu fallen, rauscht es in letzter Sekunde wieder hoch und hängt sich an den nächsten Baum – ich sehe Flügel, die sich zur Landung ausbreiten, und der dünne Ast schwingt auf und nieder von dem neuen Gewicht dieses schwarzen gefiederten Schneefalls.

Eine Krähe. Ärgerliche Aasfresser; unverständliche Hohnesrufe von den Baumwipfeln, wo sie sitzen und nach jedem Fitzelchen Ausschau halten, das ich übriglassen könnte. Es ist wie mit Fischen im Bach – kaum hat man einen entdeckt, kann man auch die anderen sehen, als wären sie plötzlich entblößt worden, und jetzt erkenne ich ganz viele, kleine schwarze schillernde Dinger zwischen den Ästen, die stumm von einem Baum zum nächsten fliegen, als Gruppe, als Horde, auf irgendetwas zu. Ich bohre die Hinterbeine in den Boden und stürze mich den Hügelhang hinunter, rutsche über die steile Schneefläche, die mich nachsichtig zum Wald hinunterrauschen lässt, auf die Stelle zu, die auch die Vögel anpeilen.

Das Gelände wird flacher, und ich komme wieder ins Gleichgewicht, ziehe die Pfoten unter den Körper und verlängere meine Schritte zu weiten, entspannten Sprüngen. Ich verfolge kein Reh und keinen Hasen, sondern eine Aussicht, die Aussicht, dass die wie eine Einheit fliegenden Krähen selbst etwas verfolgen, und obwohl das nur vielleicht der Fall ist und mir noch nicht das Wasser im Maul zusammenlaufen lässt, reicht es doch, um meine Müdigkeit in Erregung aufzulösen. Vielleicht verfolgen sie einen Hasen oder sogar ein Reh! Wie würde ein Reh mich jetzt stärken – ich müsste tagelang nichts mehr fressen!

Unterwegs zu dieser Ungewissheit stelle ich mir die Vollkommenheit des Rehs vor, das vielleicht da vorn irgendwo herumtaumelt: die wundervollen Geschmacksnoten, die Textur seines kräftigen Fleisches, die Düfte im blutigen Schnee und die schöne Seentiefe zweier brauner Augen, in denen das Leben ein letztes Mal aufflackert. Das wird in meiner Fantasie so machtvoll wie eine Sinneswahrnehmung, und ich laufe schneller, im Gefühl, dieses Erträumte müsste auch wahr sein, so deutlich, als existierte es vor mir zwischen den Bäumen.

Als ich eine der Krähen in der Nähe rufen höre, verlangsame ich zu einem leisen Trab. Ich kann noch nicht so weit gekommen sein, dass ich mich schon unter ihnen befinde, aber bestimmt am Rand ihrer Formation, deshalb lasse ich die Blicke zum Geäst über mir schweifen auf der Suche nach ihren schillernden Gestalten. Schräge, flache Streifen

gelben Sonnenlichtes fangen meinen Atem ein und halten ihn in goldenen Wölkchen fest, durch die ich laufe, die ich hinter mir lasse, das helle Licht gleißt mir direkt in die Augen und blendet mich beinahe. Doch dann entdecke ich einen der Vögel, nicht in den Baumwipfeln, sondern ganz ruhig auf einem der tieferen Äste, er schaut nicht in die Richtung, aus der ich komme, und fliegt geschwind raschelnd auf, dem Ruf eines anderen folgend.

Ich reagiere mit einem schnellen Trab, der sich wieder zu einem Gehen beruhigt, als ich den nächsten Vogel erblicke. Und nicht nur einen, sondern etwas weiter noch einen und dahinter wahrscheinlich noch einen, obwohl ich mich aus dieser Entfernung auch irren könnte. Doch diese drei Gestalten bilden eine Linie, eine grobe, geknickte Linie vor mir, die zuführt auf das vermutliche Ereignis, und ich rücke vor, zuerst gemächlich, dann aber donnere ich schnell auf den ersten Vogel zu, der mich sieht und von seinem Baumwipfel aus schreit. Er schreit noch einmal hinter mir, als ich schon an ihm vorbei bin, und als ich mich dem zweiten nähere, sehe ich einen dritten und vierten, vor mir entrollt

sich eine Linie, schneller, als ich an ihr entlanghetzen kann, führt mich erst in eine Senke, dann einen kleinen Hügel hoch, kreischen, grässliche Geräusche von schlagenden Flügeln und dem Furor kleiner Tiere dringen von der anderen Seite heran.

Ich erreiche die Höhe der Erhebung und sehe unter mir eine Masse aus schwarzen Flügeln und Schnäbeln, die aufblitzend auf irgendetwas am Boden niedergehen, reihum rauschen die Vögel herab, um auf ihre Beute einzuhacken und -stechen, bevor sie sich wieder in die höheren Äste zurückziehen. Einige der Krähen haben mich oben auf dem Hügel erspäht und kreischen vor Angst, aber die anderen bemerken ihre Schreie nicht – sie sind zu sehr im Jagdfieber, um sich ablenken zu lassen. Ich zögere, weil ich mich frage, was sie da wohl angreifen. Es ist zu groß für einen Hasen – außerdem sind die Stellen vom Fell, die ich durch die schwarzen Flügel hindurch sehe, rot oder braun, nicht weiß –, aber zu klein für ein Reh, selbst für ein kleines, und die Jahreszeit für die Jungen ist lange vorbei. Jedes Mal, wenn das Tier sich mühevoll aufrappelt und ein paar torkelnde Schritte versucht, tauchen die Krähen wieder hinab und stoßen es zurück zum Boden, fallen in endlosen kreischenden Wellen darüber her, die es in den Schnee taumeln lassen.

Doch jetzt haben noch weitere Vögel meine vorsichtige Annäherung vom Hügel herunter bemerkt, und da inzwischen auch weniger Vögel attackieren, ist ihre Beute nicht mehr verdeckt, der Körper wird hinter ihren dunklen Gestalten sichtbar wie ein roter Himmel, der aus Regenwolken aufsteigt, ein knurrender Kopf mit spitzen Ohren erscheint, die zerfetzt sind und bluten, dann ein weiß getupfter Schweif und ein kleiner Körper, der meinem ziemlich ähnelt, aber lauter blutige Wunden von den Krähenschnäbeln aufweist.

Kein Reh, sondern ein Fuchs! – wird mir mit Schrecken klar. Was für eine Verirrung ist das denn, Krähen, die einen Fuchs jagen, einen Räuber wie mich? Wenn ich schwächer werden sollte, würden sie mich etwa auch zu jagen wagen? Nur dieser Winter kann solche Dinge geschehen lassen! Mein eigenes gescheitertes Erbetteln von Schafen beim Menschen; Krähen, die sich versammeln, um einen Fuchs zu töten. Dieser lähmende Winter und sein stetiger Schatten des Hungers haben mich zu etwas gezwungen, das gegen meine Natur geht – und diese Vögel müssen auch am Verhungern sein, wenn sie den Fuchs jagen, gegen die ihre.

Ich hatte eine Mahlzeit erwartet! Und kriege stattdessen einen Fuchs, einen bloßen Konkurrenten, der getötet werden muss und meinen Bauch kaum befriedigen wird. Ich zögere einen Moment, verhakt in meiner Enttäuschung und der Veränderung der Sachlage. Dann renne ich von der Anhöhe hinunter, jeder Tritt auf den Boden facht meinen Zorn nur stärker an, die ganze Anstrengung ist jetzt so sinnlos und aufgezwungen statt ersehnt. Ich muss den Fuchs töten, damit er niemals etwas fängt, was ich selber womöglich verfolgen könnte, und beim Laufen zu dem Durcheinander aus Flügeln und Federn, das auf den kleinen Räuber einhackt, koche ich innerlich vor Wut darüber, dass der Fuchs hier in meinem Revier wildert, und schlimmer noch, dass er mich dazu gebracht hat, von etwas zu träumen, zu spintisieren, das gar nicht existierte – eine schlimme Bloßstellung der Tatsache, wie schwach und töricht ich geworden bin.

Die Krähen hören mich kommen, denn sie fliegen in einer kreischenden schwarzen Wolke von dem Fuchs auf. Aber ich komme so blitzschnell durch die Luft, dass die flatternden Körper, die zu langsam fliehen, meinen zuklappenden Kiefern nicht entgehen, ich spüre ihre feinen Knochen knacken wie dünnes Eis und zermalme einen Vogel, dann noch einen. Als ich lande, krache ich mit der Brust auf die Flanke des Fuchses, was ihn im hohen Bogen nach hinten fliegen lässt, er rollt und überschlägt sich im Schnee. Dann dreht er den Kopf um, die Augen weit aufgerissen vor entsetzter Überraschung und eine Pfote im vergeblichen Versuch erhoben, mich abzuwehren. Ich springe erneut hoch und lande wieder auf seinem Körper, der sich am Boden windet, halb will er in Deckung gehen, halb sich unterwerfen – ich drücke ihn mit den Pfoten nieder und nehme mit gezieltem Schwung seine Gurgel zwischen die Zähne.

Der Fuchs liegt schlaff in meinem Griff, kapituliert vollkommen, ohne Widerstand oder Kampf. Ich beiße zu und spüre, wie sich das zähe Fleisch an seinem Hals instinktiv anspannt, aber noch immer zittert oder zappelt er nicht, sondern liegt duldsam da, er weiß, wenn er sich wehrt, erhöhe ich den Druck und ersticke ihn. Ich halte ihn fest, höre den Atem durch seine zusammengebissenen Zähne und schäumenden Nüstern pfeifen, dann lasse ich ihn abrupt los und werfe den Kopf mit gebleckten Zähnen über seinem hin und her, während er mit einem einzigen angststarren grünen Auge zu mir hochsieht.

Dieses Auge schreit um Gnade. Wie sie alle, wie jeder, den ich überragt und angehaucht und in seinem Leid bewundert habe. Aber seine Gedanken sind stärker, seine Haltung ist klarer, denn er ist ein Raubtier wie ich, und obwohl wir erbitterte Feinde sind, haben wir etwas gemeinsam, auch wenn es nur die Abneigung ist, die wir füreinander hegen oder für den Menschen, dessen Augen nichts als Chaos enthüllen – das habe ich einmal unerwartet aus einiger Entfernung gesehen, als er meinen Blick zwischen den Bäumen hindurch erwiderte, ein unverständliches, betäubendes und verwirrendes Chaos der Gedanken, während der Mensch, reglos dastehend, ehrfürchtig ob meiner Gegenwart, in mir nur die Unterschiede zwischen uns erkannte.

Bei diesem Fuchs aber liegt mehr als Flehen im Blick. Er zeigt mir etwas, er gibt mir etwas, ohne es zu wollen, aber er muss, angesichts des Todes, der über ihm aufragt, und wieder zögere ich, der Wald ringsum scheint zu verrutschen, zu verschwimmen, der Fuchs bettelt um sein Leben und saugt mich mit der Kraft seiner Verzweiflung an. Ich sollte mich wundern, als das Grün seines Auges mit einem Mal zum Grün des Frühlings wird, seine Gedanken zum wärmeren Wind nach dem Winter, voller Aussichten. Aber diese Kreaturen sind vorhersehbar in ihren Täuschungsmanövern, und ich beschließe, ihn noch nicht zu töten, damit ich seine letzten, wunderschönen Lügen auskosten kann. Und vielleicht wird mein Starren weicher werden und der Griff der Zähne, die ihn festhalten, so dass er meint, er hätte Erfolg. Aber sobald ich Hoffnung aufblitzen sehe in diesem hell glitzernden Stein in seinem Kopf, werde ich ihn töten.

6

Ich fühle die Rippen des Fuchses unter den Pfoten, einen kleinen Brustkasten, der sein Leben enthält und den ich wahrscheinlich zerquetschen könnte, wenn ich weiter drücken würde. Wenn er einatmet, erhöhe ich den Druck, damit er nach Luft ringt, damit er merkt, dass sein Leben vorbei ist und ich es so, genau so, langsam aus ihm herauspressen könnte, statt ihm mit den Zähnen die Kehle aufzureißen. Aber er hält meinem Blick immer noch stand, sein grünes Auge funkelt zu mir hoch, und dahinter entspinnen sich die Gedanken so schnell, dass ich ganz verwirrt werde, betäubt von ihrer Geschwindigkeit und Vielfalt.

Er zeigt mir ein mageres, taumelndes Reh, das zu Boden sackt, ohne Leben in den Augen. Er zeigt mir den verwesenden, gefrorenen Kadaver eines Viechs und einen seiner Artgenossen, der gierig die Eingeweide der Leiche verschlingt. Er zeigt mir das Land, woher er kommt – eine große Ebene aus Schnee und Fels, leblos, karg, baumentleert –, und wir streifen gemeinsam dort umher, er führt mich durch seine

Augen und in seine Erinnerungen, und dann sind wir plötzlich mitten im Sommer, nebeneinander an einem See, und die grünen Stängel aller Pflanzen streifen uns am Kinn und am Bauch – die Bäume ragen über uns empor, schwerer beladen mit dem Leben ihres Laubs, als sie es je mit Schnee sind, und wir schauen über die perfekte goldene Wasserfläche, in deren Mitte ein weißer Vogel schwimmt, ein riesiger Vogel mit geschwungenem Hals und Flügeln, der sich über die Oberfläche bewegt, als wäre er die Oberfläche selbst. Als ich das sehe, füllt sich meine Brust mit Blut, jeder Herzschlag macht mich nur immer lebendiger und will in dem strahlenden Schein der schlauen Fuchslügen verweilen.

Ja, das ist allerdings wunderschön, denke ich und erhöhe den Druck auf seine Brust. Jetzt muss er wirklich um jeden Atemzug kämpfen, und ich finde, ich werde es so zu Ende bringen, jeden Moment werde ich ein Knacken unter den Pfoten spüren und sehen, wie er sich windet, wenn der Knochen zersplittert und sein Leben in den Schnee gemanscht wird. Doch sein flehentliches Auge bleibt ruhig, die Gedanken fliegen nicht mehr hin und her, sondern zeigen mir eine Wolke – oder ist das Schnee? Schnee in der Form von etwas Lebendigem, und mit gespieltem Interesse hebe ich eine Pfote leicht an. Der Fuchs saugt gierig Luft ein, und sofort werden auch seine Gedanken klarer – er zeigt mir den Vogel wieder, den von dem Sommersee, aber jetzt ist er tot und unglaublich groß im Tode, eine weiße Masse, die auf noch weißerem Untergrund zusammengesackt liegt wie eine Opfergabe.

Einen Augenblick lang löse ich den Blick vom Auge des Fuchses. Ich spüre ein Kribbeln der Erregung in den Schultern. Als ich wieder hinsehe, hat er begriffen, dass ich verstanden habe, dass ich weiß, er bietet mir eine Mahlzeit an, diesen weißen Vogel im Austausch gegen sein Leben. Pfiffiger kleiner Vetter, kleiner Feind! Du bietest mir, was ich am meisten brauche, du zeigst mir diesen Vogel, diesen Schwan – keinen gewöhnlichen Vogel, sondern einen großen, mächtigen: Und wo Macht ist, gibt es auch Muskeln, Fleisch, das mir den Bauch für viele Tage füllen könnte. Er sieht immer noch zu mir hoch, während ich all das denke, und ich sehe eine Spur des Verrats in seinem Auge aufflackern, keinen Verrat, der mich betrifft, sondern etwas Anderes, etwas Verstecktes oder Unbekanntes.

Er muss den Vogel vergraben haben! Je länger ich in seine Gedanken hineinstarre, desto weniger kann er sie vor mir verbergen, und mit zunehmendem Genuss sehe ich ihn im Schnee graben, ein tiefes Loch, groß genug, um ihn und noch jemand mit Leichtigkeit zu verstecken. Er hatte gehofft, mich allein mit dem Angebot des Schwans von hier fortzulocken, aber ich habe seinem Kopf entwunden, dass der Vogel vergraben liegt, und der Verrat, den ich sehe, betrifft nicht mich, sondern sein eigenes Überleben.

Ja, er muss kurz vorm Verhungern sein. Obwohl ich ihn zu Boden drücke, glaubt er immer noch, er könnte davonkommen und zu seinem Festschmaus zurückkehren, wo immer er liegt, ihn ausgraben und sich retten. Tapferer Fuchs, ich bewundere dich! – aber deinen Abgang noch mehr, denn du wirst mich zu dem Schwan führen, ich werde ihn fressen, und du wirst verhungern. Der Fuchs wird durch meine Willenskraft sterben, nicht unbedingt durch meine Zähne – das zeige ich ihm aber nicht –, ich zeige ihm, dass er mich dorthin führen wird, dass ich ihm folgen werde und dass ich, falls er zu fliehen versucht, ihn zu Boden werfen und zerreißen werde. Das zeige ich ihm und hebe dann die Pfote von seiner Flanke.

Er wirft mir einen nervösen Blick zu und rollt sich langsam herum, dann schiebt er zitternd die Pfoten vor und versucht aufzustehen. Er sieht weg, und ich beobachte, wie er hochtaumelt, mit den Beinen den ausgemergelten Körper von dem blutbesprenkelten Schnee wegdrückt. Dann steht er vor mir, klein und mitleiderregend, und starrt jämmerlich vor sich hin – weg von mir –, und die ganze Zeit bibbert und bebt er, die Zuckungen gehen vom Kopf bis in die dünnen Beine.

Er dreht sich wieder zu mir um, aber langsam, so als wäre die kalte Luft zwischen uns fest und unnachgiebig. Irgendwann treffen sich unsere Blicke erneut, und ich sehe in seinen Augen nichts als Niederlage – so viel Verlust und Elend liegen darin, dass ich einen Moment lang erwäge, ihn schnell zu töten, ich blecke die Zähne und setze einen schnellen Schritt nach vorn, will nur noch das Leben aus diesen Augen entfernen. Aber der geballte Hunger im Bauch und die Verheißung der vergrabenen Mahlzeit halten mich ab, und es geschieht nichts anderes, als dass der Fuchs wieder zu Boden fällt, über die eigenen Pfoten stolpernd, als er mir auszuweichen versucht. Ich stehe über ihm, berühre fast seine Augen mit den Zähnen, und der Strom meines zornigen Atems lässt ihn zusammenzucken. Doch ich habe mich beruhigt und weiche ein Stück zurück. Er rollt sich wieder hoch und blickt zu mir empor, und in diesem Augenblick schließen wir einen Pakt – dass er mich zu diesem Vogel bringen wird, dass er mich dorthin führen wird, wo der Schwan vergraben liegt, und dass seine einzige Alternative bis dahin der Tod ist.

Als das zwischen uns geklärt ist, rappelt er sich auf. Er ist schwach – viel schwächer als ich –, deshalb lasse ich ihn eine der Krähen fressen, die zerstückelt hinter mir am Boden liegt, während ich die andere fresse, ihren spindeldürren, fleischlosen Körper, eine Mahlzeit, die ich normalerweise widerlich fände, jetzt aber, hungrig wie ich bin, dankbar herunterschlinge. Es ist komisch, zusammen mit einem Anderen zu fressen, der mir ähnlich ist, nachdem ich so lange allein gefressen habe oder, meistens, gar nichts. Und dann befehle ich ihm mit den Augen, mich zu führen, und mit einem kurzen, stumpfen Blick zurück fügt er sich, dreht sich einmal um die eigene Achse und trottet vorsichtig los.

Ich folge dem taumeligen Gang des Fuchses, der schon bald in einen mühelosen Marsch übergeht, so leicht wie der meine hinter ihm, der jede Entfernung überbrücken, dem kein Mensch je folgen könnte. Der Nachmittag ist dunkel geworden, und der Himmel wird immer tiefer grau, Schnee fällt uns auf den Rücken, während wir stetig zwischen den Bäumen hindurchtraben. Im zunehmenden Dunkelwerden leuchtet der schneebedeckte Boden fast heller als der sich schwarz verfärbende Himmel, und der Fuchs und ich, hintereinander herlaufend, spüren beide den stillen Moment im Zwielicht, bevor der Wald zu der nächsten Winternacht wird, dem Raum, in dem alles ruht, alles verbunden scheint, untrennbar. Aber keinem von uns beiden – Feinden, Konkurrenten, einer Sklave des Anderen – ist danach, einen Blick oder ein Zeichen dieser Gemeinsamkeit zu tauschen, und wir ziehen weiter, kurz verbunden und ein paar Schritte weiter wieder getrennt.

Der Fuchs führt mich inzwischen über Wege, die ich nicht kenne, einige davon unbequem und nicht so einfach für meine größere Statur – so tiefe Äste, dass ich mit dem Bauch über den Boden schleifen muss, um darunter hindurchzukommen, und so enge Durchgänge, dass die Glieder der Büsche und umgefallenen Bäume sich in meine Flanken krallen. Ich überlege, ob er das wohl absichtlich macht, in der Hoffnung, ich würde mich derart verheddern oder verhaken, dass er fliehen kann. Aber er wirft keinen Blick zurück, in seinem Gang schwingt, trotz der Leichtigkeit, die ihn rasch voranbringt, immer noch seine Niederlage mit, und ich merke, noch befürchte ich es nicht, dass er mir davonrennt.

Als es richtig Nacht geworden ist, bin ich mir unsicher, in welchem Teil des Waldes wir uns befinden. Doch im weiteren Verlauf erkenne ich meine Umgebung wieder. Wir haben die Wege und Pfade verlassen, die ich kenne, aber unverkennbare Zeichen an den Bäumen oder in den Gerüchen sagen mir mehr oder weniger, wo wir gerade sind, dass die lange Schleife unserer Route sich bedenklich dorthin schlängelt, wo die Schafe hausen – die übel riechenden Schafe, von denen ich nicht mal einen Bissen abgekriegt habe. Ärgerlich, dass der Weg des Fuchses ausgerechnet an der noch offenen Wunde so frischer Erinnerungen vorbeiführt.

Andererseits – es ist ein langes Tal, das einen großen Teil des mir bekannten Gebietes begrenzt, also ist es kein Wunder, dass wir ihm früher oder später nahe kommen. Und dann denke ich, vielleicht weiß der Fuchs von gestern Abend. Mit argwöhnischem Seitenblick überlege ich, wie bewusst er handelt, ob er von meiner beschämenden Angst weiß, die ich jetzt wieder in mir aufsteigen fühle. Vielleicht hat er sie in meinen Augen gelesen, als ich ihn zu Boden drückte, oder in einem Moment der Wut, als ich mich nicht beherrschen konnte, und jetzt führt er mich hierher, will mich erschrecken und das ausnutzen.

Aber er kann es nicht wissen! Ich war doch derjenige, der etwas von ihm genommen hat – und ich habe nichts enthüllt. Mir ist unbehaglich, weil wir uns dem Ort nähern, sonst nichts. Ist das richtig, dass mir so unbehaglich zu Mute ist –

diese grässliche Nervosität, die mit jedem Schritt auf dem dünnen, gewundenen Weg zunimmt? Würden mich meine Artgenossen verspotten und von mir abgestoßen sein, wenn sie wüssten, wie es in mir aussieht, oder ginge es ihnen genauso? Vielleicht hätten sie mich schon gestern abgewiesen, wenn ich so zu ihnen zurückgekehrt wäre, wie ich war, den schwachen Geruch des Menschen zwischen den Pfoten und den helleren Glanz der Angst in den Augen. Aber sie sind nicht da und wissen noch nichts, und wenn ich gut zu fressen bekomme und wieder stark werde, vergesse ich es bestimmt selber.

Deshalb muss ich dem Fuchs folgen.

Noch sind wir ziemlich weit von dem Tal entfernt, und ich habe eigentlich keinen Grund zur Angst, aber die Menschen ziehen in ihren Revieren weite Kreise, und ich merke, dass ich mir wünsche, auf keine Spur von ihnen zu stoßen, die ich mittlerweile schon zutiefst fürchte – und das beschämt mich. Ich bin ihm doch entkommen, oder etwa nicht? Ja – aber ich hatte Angst, und es ist egal, dass ich überlebte, als der Mensch mich hätte töten können, die Angst, neu

und außerhalb meiner Kontrolle, ist mir geblieben und lodert mir jetzt in der Brust, während ich darum kämpfe, sie zu beherrschen, zu vertreiben. Und der Fuchs, als reagierte er auf den stummen Kampf hinter sich, führt mich weg von dem Pfad, auf dem wir sind, weg von den gefrorenen Ästen, die nach meinen Flanken greifen, und auf den verdichteten, harten Schnee eines breiteren Weges. Er biegt ein und läuft nach einem einzigen Blick zurück weiter, und plötzlich weiß ich genau, dass der Bogen unserer Route in unbeirrbarer Linie am Bau des Menschen enden wird, denn der jetzige Weg, das weiß ich, führt nirgendwo anders hin.

Das Gelände erhebt sich zu einem kleinen Hügel, einem anderen als gestern, aber er grenzt an dasselbe Tal. Alles ist gleich, alles ist normal – die dunkle Masse aus Bäumen ringsum, die kalte Härte des Untergrunds, die reine Winterluft, auf der die Gerüche und Geräusche des Waldes rutschen wie Eis. Gestern habe ich das alles auch gespürt, es tröpfelte mir in den Körper und die Gedanken hinein, stärkte mich, änderte mich nur so weit, wie ich es zuließ. Jetzt aber halte ich mich daran fest. Voller Entsetzen merke ich, dass ich dies als Gegenwart will – die Form eines Astes, den Geruch eines einzelnen Blattes, das Geräusch meiner Pfote auf dem harten Schnee, denn all das gehört zu diesem Weg und zu der Zeit davor, bevor es mich zu dem, was ich jetzt fürchte, hinzog. Ich muss es gegen die Nervosität stemmen, die mir in Brust und Beinen rasselt, die mich zum Zähneklappern bringen würde, wenn ich nicht just die Zähne die ganze Zeit zusammenbisse.

Ich könnte den Fuchs stoppen und verlangen, dass wir eine andere Strecke nehmen. Aber wenn ich das täte, wenn ich ihm jetzt in die Augen sehen müsste, würde er ganz sicher merken, wo seine Freiheit liegt, er würde meine Ängste durchschauen, und vielleicht könnte ich nicht verbergen, dass ich, wenn er jetzt Hals über Kopf ins Tal liefe, zu dem Bauernhaus – wenn er es kühn und mit hoch erhobenem Kopf täte, wenn er keinen Zweifel daran ließe, dass er es im vollen Bewusstsein meiner Angst täte –, dass ich es dann nicht fertigbrächte, ihm zu folgen. Er könnte ganz sicher entkommen, wenn er das sähe! Deshalb darf ich ihn nicht stoppen und muss mich stattdessen an den Dingen ringsum festhalten, die mir nur ins Gedächtnis rufen können, dass wir das Tal noch nicht erreicht haben.

Obwohl ich versuche, die eisigen Flüsse zu beherrschen, die mich durchfließen, bin ich verspannt und verstimmt, während ich dem kleineren Jäger nachtrotte, und dankbar, dass er sich nicht umsieht. Wir laufen weiter bergan, und über ihm, über der Wölbung seines Kopfes, zwischen den

Spitzen seiner Ohren, sehe ich die offene Schwärze, wo die Bäume enden, wo das Tal anfangen muss, und obwohl Angst und Nervosität mich bis zur Übelkeit plagen, setze ich Schritt um Schritt vorwärts, fast nicht mehr sicher, ob ich es aus eigenem Willen tue.

Und dann bleibt der Fuchs oben stehen. Er sieht sich nicht um, sondern nach unten, nach vorn, und ich stelle mich neben ihn auf die Hügelkuppe, über und hinter uns ist Wald, und unten, wo wir beide hinschauen, liegt das Tal, ein gewelltes blassgraues Blatt in der Dunkelheit, offen und kahl, und ruhig in der Mitte das Bauernhaus, wie eine Felsengruppe.

7

Aus dem Augenwinkel sehe ich, dass der Fuchs sich umgewandt hat und mich anschaut. Jetzt muss ich aufpassen – obwohl ich Angst habe, darf ich mir nichts davon anmerken lassen, ihm kein Zeichen geben, das ihn aus unserem Pakt in die Freiheit entlässt. Die Angst selber spüre ich wie etwas Lebendiges in mir, sie schiebt und kämpft sich nach oben, gegen meinen Willen, sie klein zu halten. Ihre Ränder sind beweglich und weich, so als bisse man in Wasser, aber ihre Kraft ist so groß, dass sie, wenn ich sie nicht beherrsche, ganz sicher von mir in die Wahrnehmung des Fuchses fließen wird, so klar wie ein Bergbach. Ich halte inne, lasse den Blick auf dem Bauernhaus liegen und tue so, als musterte ich die scharfen Kanten seiner Form, bevor ich den Kopf drehe, und selbst dann lasse ich die Augen weiter bei den hohen Steinwänden und Holzzäunen, bis ich sie zur Seite richte und den Blick des Fuchses treffe.

Ich hatte etwas Herausforderndes erwartet, kaum verhohlene Befriedigung darüber, dass er mich an einen Ort geführt hat, der mir Angst einjagt. Stattdessen erkenne ich, dass auch er Angst hat – nicht nur das, er ist in Panik –, und es gar nicht zu verbergen sucht, sondern mir offenbar so deutlich wie möglich zeigen will, wie viel Angst wir vor den Menschen haben sollten. Ich betrachte den Fuchs, der klein und aufgeregt vor mir steht, eindeutig verängstigt, mehr noch vor dem Menschen und dem Bauernhaus dort unten als vor mir, und mir ist, als wären alle Befürchtungen von meinen Schultern auf seine geflogen und würden ihn packen und schütteln wie ein Adler einen Fisch.

Und als ich das sehe, schwindet meine eigene Angst dahin, ich nehme mit jähem, wunderbarem Erwachen Dinge wahr, die nichts mit dem bisherigen Entsetzen zu tun haben, Wald und Nacht erfüllen wieder meine Sinne: Sinne, die zuvor wie mit Schlamm verklebt waren, als ich mich an die Gegenwart klammerte, und jetzt wieder frei sind für die Schärfe der Gerüche und für Erregung. Erleichterung hebt mich empor! Je mehr ich ihn betrachte, desto weniger Angst spüre ich, und ich betrachte ihn lange, bis mir scheint, als wäre sie ganz verschwunden – eine Schwäche der Vergangenheit, ein weiterer seltsamer, aber vorübergehender Teil dieses Winters.

Der Fuchs starrt einen Moment auf die andere Seite des Tals, bevor sein Blick zu mir zurückkehrt. Er will dort hin, zu dem Wald auf der anderen Seite. Wir könnten den kürzeren Weg quer hinüber nehmen, aber nun zeigt er mir einen schmalen, gewundenen Pfad, der länger am Waldrand entlangführt. In seiner Angst lässt er mich die Strecke sehen, den langen Weg zur anderen Seite, so deutlich, dass ich sie fast ohne ihn finden könnte. Dann späht er noch einmal zum Bauernhaus, aber schon der Anblick jagt ihm solche Angst ein, dass er nicht lange hinschauen kann.

Als ich sein Entsetzen sehe, frage ich mich, wie ich jemals Angst vor den Menschen haben konnte. Meine Augen sagen ihm ganz ruhig, dass wir nicht die lange Strecke außen herum nehmen werden, und ganz ruhig beobachte ich, wie seine Verzweiflung zunimmt, jedes Beben seines Kopfes, jedes Zucken seiner Augen verstärkt meinen Wagemut, füttert die Kühnheit, die ich noch vor ein paar Schritten tatsächlich verloren glaubte. Der Mensch – der Mensch und sein stinkender Bau, seine dreckigen Schafe! Ich bin ihm doch entkommen, oder etwa nicht? Er war nahe genug dran, um zuzuschlagen, und hat es nicht getan – was gibt es am Menschen zu fürchten?

Der Fuchs bettelt mich jetzt an, außen herum zu gehen, aber er kann seine Angst nicht mit Erinnerungen untermauern, keine Flucht, keinen Kampf, keinen Kontakt mit dem, was ihm solche Angst macht, er kann mich nur weiter anflehen, die Wege zu nehmen, die ihm lieber sind. Immer wieder versucht er, mich in seine Gedanken hineinzuziehen, mir die paar Male zu zeigen, die er sicher in sein Revier zurückgekehrt ist. Aber ich beobachte ihn nur und genieße seine Angst. Ich bin müde und hungrig, aber vor allem bin ich erregt. Ich spüre den Boden unter den Pfoten nicht als etwas Totes und Hartes, sondern als eine Kraft, die mich anschiebt, die danach schreit, dass ich mich über ihn weg bewege: ob heimlich oder auf der Jagd – alles, nur nicht Stillstand oder endloses Trotten auf schmalen Schleichwegen.

Ich setze einen schnellen Schritt vorwärts und verlange, mit noch schnellerem Aufblitzen meiner Zähne unter den schwarzen Lefzen, von dem Fuchs, dass wir das Tal durchqueren. Er kann die Erregung sehen, die ich nicht zu verbergen versuche, die Gefahr für sein Leben, wenn er mir nicht gehorcht. Er schaut noch einmal zwischen dem Bauernhaus und mir hin und her, und vielleicht macht er nur deshalb, weil ich die nähere Bedrohung darstelle, einen zögernden Schritt auf den Hang zu, weg von den Bäumen, wo seine Pfote tief im Pulverschnee versinkt.

Er geht langsam voran, und nachdem er einige Schritte getan hat, verlasse auch ich den Schutz der Bäume und trete in das angenehm weiche Weiß hinaus, laufe leicht und frei den Hügel hinab, als wäre es irgendeiner, in meinem Heimatrevier, kein Grund zur Angst, kein Hindernis. Die Nervosität sorgt für Anspannung im Bauch, aber Angst habe ich nicht – ich spüre die Triebfeder der Erregung in den Beinen und im Hals, aber sie erstickt mich nicht oder hält mich zurück, sondern ist eine Kraft, die ich sorgfältig pflege, eine innere Stärke, die ich beherrsche und fühle, wie ein junger Baum vielleicht seine geschmeidigen Äste spürt, die sich im steifen Wind biegen und wiegen.

Der Hügelhang läuft aus, und wir überqueren die flache Talsenke, wo der Schnee nicht mehr so dick liegt, sondern von den Schafen festgetreten wurde. Ihr Geruch ist da, der der Menschen auch, aber er ist schwach und viel älter, und ich denke, es liegt bestimmt am Trappeln meiner Pfoten und der des Fuchses, dass er aufgewirbelt wird und uns in die Nasen steigt. Ich bin überrascht, ihn wieder zu riechen – ich hatte gedacht, ich würde ihn niemals vergessen, aber schon von gestern Abend bis jetzt hat seine Seltsamkeit wieder etwas Neues angenommen. Und doch, ich habe Angst, ihn wieder zu riechen, meine innere Nervosität gleitet ab in etwas Gefährlicheres, so als hätte ich den Schwanz einer Schlange unter der Pfote und würde mich an ihr entlangarbeiten, bis ich ihren Kopf, ihre Bedrohung im Griff hätte, um sie fest an den Boden zu drücken. Ich habe Angst, aber nur gerade genug, um auf der Hut zu sein, um den welligen Untergrund in allen Richtungen zu spüren.

Der Fuchs riecht den Menschen auch und wird panisch. Sein Trab vor mir fällt ständig in einen ängstlichen Galopp, dann wird er wieder langsamer, Kopf und Ohren zucken von links nach rechts. Ich stoße mich mit den Pfoten vom Boden ab und bin mit ein paar langen Sprüngen neben ihm, dann, mit einer kleinen Drehung und plötzlich aufwallender Wut, schubse ich ihn zur Seite. Gehorsam verstetigt er seinen zappligen Trab zu einem gleichmäßigen Tempo, das ich übernehme. Beschwichtigt wende ich meine Aufmerksamkeit dem Hügel vor uns zu, an dessen Kuppe der Wald weitergeht, doch vor beiden erhebt sich, immer größer, das Bauernhaus – nicht auf der geraden Linie unseres Weges durch das Tal, aber nahe genug, dass es mir plötzlich wie eine schlafende Gefahr erscheint, aber ganz leicht schlafend.

Und dann ist der Fuchs nicht mehr neben mir. Er ist stehen geblieben, reglos, und mit einer Wendung halte auch ich inne. Seine Augen sind plötzlich den Bäumen an der Talseite zugewandt, und er starrt und lauscht intensiv, sein Kopf bebt, als kämpfte er darum, etwas zu sehen, das er bereits gehört hat. Ich nähere mich ihm langsam und spüre, wie die Angst allmählich an mir leckt, aus dem kalten Wind heraus, der über uns hinwegbläst. Ich schaue ebenfalls in die Bäume wie er, aber ich entdecke nichts. Ich mustere ihn erneut und suche nach irgendwelchen Tricks in seinem Körper, nach Verstellung in seiner Haltung, aber seine Angst ist so nah und stark, dass ich sie einfach nicht für Taktik halten kann. Es muss mehr sein als das.

Er starrt immer noch in die Bäume und beachtet mich gar nicht, neben sich, und ich kann nur seinem Blick folgen, die dunklen Umrisse über dem helleren Boden nach Bewegung absuchen, und dann plötzlich wittere ich, als der Wind dreht, den grässlichen Geruch des Menschen – nicht die verstreuten Restbestände am Boden, sondern seine lebendige warme Ausdünstung –, den Geruch, der mein Herz zum Rasen bringt und die furchtbare Hitze und Kälte der Angst in Gang setzt, die mir von den Schultern hoch in den Nacken kribbelt.

Der Fuchs riecht es auch und duckt sich an Ort und Stelle, als hätte es gerade gedonnert. Er sieht mich kurz an, und in seinen Augen stehen Angst und eine Frage: ob ich den Menschen gesehen habe. Ich teile ihm gar nichts mit, sondern suche am Waldrand, dann überall ringsum, ziehe enge Kreise, wie es der Fuchs jetzt auch tut – er und ich strengen unsere Augen und Ohren in allen Richtungen an, gemeinsam, und wir spüren nichts als den Geruch. Dann hält es der Fuchs, der sich am Boden windet und hin und her wirft, als wäre er in einen Sturm geraten, nicht mehr aus und rast, ohne zu wissen, wo der Mensch ist, panisch auf die andere Seite des Tals, so schnell er kann. Ich schieße hinterher, zornig, dass er die Flucht versucht, wütend über seine Angst und meine eigene und plötzlich nur noch darauf erpicht, die Zähne in seinem Nacken zu versenken.

Ich hole ihn schnell ein, erreiche ihn mit Leichtigkeit und genieße den Kitzel meiner größeren Geschwindigkeit und Stärke, die mich zu ihm und dem furchtbaren Ausgang dieser Verfolgungsjagd trägt. Was für ein wunderbares Gefühl, so zu laufen, keinen Zweifel zu verspüren, nur Willenskraft! Und die Angst – die muss ich wohl beim Kreisen im Schnee verloren haben, denn wieder kommt sie mir vorübergehend und unsinnig vor, wie soll mir der Mensch denn etwas tun, solange ich so laufe, wie soll der Mensch einem Wesen etwas tun, das so begabt ist mit Geschwindigkeit und Gleichgewicht? Wer würde es wagen, zwischen meinen Willen und meine Handlungen zu treten, solange die beiden so dicht miteinander verflochten sind wie ein Baum mit der Erde? So dicht, dass das Gefühl des Zubeißens, wenn ich ihn tatsächlich erwische, untrennbar verbunden sein wird mit dem ersten Tritt gegen den Boden, als ich seine Verfolgung aufnahm …

Doch da knallt es in der Luft – das Geräusch klingt scharf und widerhallend, als käme es von überall her –, und dann ist alles aufblitzende Helligkeit – alles wird zu einem durchbohrenden Schmerz, der plötzlich im Kopf explodiert, einem Schmerz, wie ich ihn noch nie gespürt habe, einer zustechenden, brennenden Qual, die mich in die Luft hebt. Mein Körper strampelt schwerelos, in meinem Kopf schreien wild die Empfindungen, ich taumele ins Licht, drehe mich unkontrollierbar, als zwirbelte mich etwas um diese Tortur im Kopf, ich weiß nicht, ob ich emporsteige oder abstürze, bis der Boden mir entgegenschlägt, mir den Atem nimmt und ich im Schnee liege – gelähmt von dem schrecklichen Brennen, das mir an Augen und Ohren reißt.

Ich sterbe – ich muss wohl sterben, denke ich, als ich reglos daliege, nichts als den Schmerz im Kopf spüre, keine kalte Panik, weil mich der Tod belauert, sondern nur den Schmerz selbst, der alles andere ertränkt. Ich liege still und fühle nichts von außen, als wäre alles, was existiert, nur in meinem Inneren, als wäre ich aus dem Tal gerissen und tief in der kalten, dunklen Erde versenkt worden, gezwungen, für immer im Augenblick des Todes zu leiden, als Revanche für all den Schmerz, den ich zugefügt habe. Vielleicht ist das der Tod – ein endloser Augenblick des Sterbens, angefüllt mit der Qual des letzten Schlages. Ob all die, die ich je getötet habe – ob sie immer noch mit meinen Zähnen in der Gurgel leben, während ihnen das Blut aus dem Bauch rauscht? Muss ich jetzt unter ihnen bleiben, mich in der Erde winden, nichts anderes spüren als Schmerz, an nichts anderes mehr denken als an ihr Leiden?

Aus Dunkelheit und Stille kommt ein Geräusch auf mich zu, ein regelmäßiger, donnernder Lärm, und einen Moment lang glaube ich, es wäre mein Herz, das seinen letzten Rhythmus schlägt. Aber das Geräusch wird lauter, etwas kommt näher, und mir wird klar, dass ich nicht etwas Innerem lausche, sondern etwas von da draußen, einem Geräusch aus dem Tal, aus der lebenden, kämpfenden Welt, wo ich reglos liege, aber jetzt jäh und angstvoll erwache. Schritte, wird mir klar, die auf mich zukommen. Schritte! – und plötzlich sind meine Sinne wieder da: Ich sehe den dunklen Himmel über mir, die Millionen Schneeflocken, die überall herabfallen, ohne Ende, ohne Ursprung; ich rieche den verhassten Geruch des Menschen, stark und ganz nah und immer stärker, während seine schweren Schritte auf mich zuknirschen, er, der Sieger, kommt ungerührt her, um nachzusehen, was er getan hat.

Er ist schon fast über mir, als meine Instinkte mir keine Wahl lassen, sie springen an und zwingen meinen Körper im Schnee empor. Die Füße fest aufgestellt, drücke ich mich ab, stehe auf, durch den Schmerz hindurch, und bin plötzlich mittendrin, springe blitzschnell auf die Füße, vor dem Menschen, und wirbele herum, zeige ihm meinen erhobenen, zerschmetterten Kopf, überrasche ihn, erschrecke ihn, ängstige ihn, so dass er rückwärtstaumelt und in den Schnee fällt, der schwarze Strich seines Gewehrs trudelt im hohen Bogen über ihn hinweg und hinter ihn, fort aus seiner Hand.

Ich drehe mich um und laufe los, auf die nächste Baumreihe zu, torkele nach links und rechts, durch einen Dunst aus Licht und Schmerz hindurch. Ich denke, dass ich gleich wieder das Knallen in der Luft höre und wieder getroffen werde, aber nichts kommt, und mir bleibt nur, weiterzutaumeln durch einen Raum, den ich gar nicht richtig sehe, sondern nur spüre, als Boden unter mir, lange Splitter aus weißem und gelbem Schmerz kommen aus der Dunkelheit, so scharf und hart wie Eis, und durch sie muss ich mir einen Weg bahnen, um das Tal zu verlassen und die Bäume zu erreichen.

Kaum bin ich unter ihnen, eingetaucht in die größere Dunkelheit der Bäume, aus dem Tal heraus, bleibe ich strauchelnd stehen. Der Schmerz trifft mich wie Flutwasser, und ich falle zu Boden, um den Kopf in den Schnee zu drücken, damit nur endlich das Brennen aufhört, der Sturzbach der Qual, der mich nicht loslässt. Ich sollte still abwarten, bis es von selbst aufhört, wehzutun, aber das kann ich nicht, denn ich habe Angst, ich habe schreckliche Angst, dass es niemals aufhören wird, deshalb winde ich mich im Schnee und verschmiere mit langen, verzweifelten Schwüngen mein Blut. Noch lebe ich, aber soll ich auf ewig so weiterleben, mit dieser Folter? Das kann doch nicht sein, dass ich so hier liege – es soll nicht sein!

Aber ich werde müde, und als ich aufhöre mich zu bewegen, lindert der kalte Schnee den Schmerz am Kopf. Mein Wald hat sich verändert, ist zu einem anderen Ort aus Pein und Blindheit geworden, aber er ist immer noch mein Wald, und ich stelle fest, dass die Atemzüge nicht mehr in mich hineinpfeifen und wieder hinaus, sondern ruhiger werden, und der Boden ist kalt, aber er existiert unter mir, ich kann wieder etwas Anderes als den Kopf spüren, etwas, in das ich die Krallen schlagen kann.

Ich liege still und atme und spüre den Boden. Mehr tue ich nicht, und ich denke, dass ich nach einiger Zeit wahrscheinlich auch nicht mehr wach bin.

8

Ich habe mein eines Auge offen, schaue empor zu den Ästen, die allmählich auftauchen, Streifen quer über dem aufhellenden Himmel. Ich denke, die verletzte Seite des Kopfes in den Schnee gepresst, dass ich mich nicht bewegen kann, dass ich mich an den Trost hier halten muss, die Kälte, die ein Stückchen in den Schmerz hineinsickert, denn dieser pocht und pulsiert immer noch wie ein Lebewesen. Die Wunde schläft, während ich hier liege, und ich habe Angst, sie zu wecken, wenn ich mich bewege – ich wecke sie, und dann bricht sie wieder über mich herein wie gestern Abend.

Wie ich diesen Schmerz fürchte! Da lebe ich lieber für immer mit der Pein verzweifelten Hungers, als mich weiter bei jedem Schritt krümmen zu müssen. Ich bin gefangen, als säße ich in der Falle eines Jägers, ich habe zwar keine Metallzähne im Bein, aber es ist doch der Wille des Menschen, der mich zu Boden zwingt – das Reißen und Zerren, das ich seinem Gewehr zu verdanken habe, nagelt mich an diesem Ort fest. Und vielleicht, denke ich, wäre es noch besser, in einer Falle zu sitzen – besser als diese Schlinge aus Schmerz und Angst, in der ich nicht all meine Wut in das letzte heftige Knurren legen kann, das dem Menschen entgegenschallt, oder das eigene Bein durchbeißen, so dass er, wenn er kommt, nur einen blutverschmierten Stumpf sähe und Angst um seine Welt bekäme, die von solch willensstarken Wesen umzingelt ist.

Aber ich frage mich, ob ich so etwas fertigbrächte. Ich könnte hier liegen und warten, zuhören, wie der Hungertod an mir hochkriecht, so als säße ich in einer Falle. Aber mir dämmert bereits, dass es nicht so kommen wird – ich werde nicht hungers sterben, nicht nach diesem Winter, nicht nachdem ich mich durch seine dunkelsten, leblosesten Zonen gekämpft und tagelang nichts gefressen habe, manchmal mit der Aussicht, womöglich nie wieder etwas zu fressen. Außerdem gibt es da noch den Fuchs. Beim Gedanken an ihn, an seine flachgelegten Ohren und seine Panikkreise im Schnee, werden die Äste und der Himmel über mir zu mehr als bloßen Streifen in unterschiedlichem Grau, sie werden zum Dach des Waldes, mit dem Boden verbunden, auf dem ich liege – dem Boden, der mich immer noch hält, so dass ich nicht in der Erde verschwinde.

Irgendwo trabt dieser Fuchs unter den Bäumen entlang, vielleicht hält er mich für tot, und bestimmt freut er sich über seine Flucht. Hat er mich dazu gebracht, ihn quer durchs Tal zu führen, weil er wusste, was der Mensch tun würde? War der Weg, den er mir zeigte, eine Lüge, eine lange, verdrehte Lüge, damit ich direkt nach drüben streben sollte, und er spielte mir die ganze Zeit Menschenangst vor, weil er wusste, er konnte mich nur loswerden, indem er darauf setzte, dass der Hass des Menschen auf den Wolf im Vergleich größer sein würde als auf ihn?

Zorn lässt meinen Körper hochschnellen. Der Schmerz wütet im Kopf, aber mir ist der Hass auf den Fuchs wichtiger, der in mir aufsteigt. Verräter, Betrüger! Wenn ich daran denke, wie ich seine Angst schmecken konnte und mir weismachen ließ, sie wäre echt! Aber den Fehler mache ich nicht noch einmal. Er wird wahrscheinlich betteln, er wird flehen und mir etwas für den Bauch anbieten, und es wird mich reizen, aber diesmal höre ich nicht auf ihn. Ich tue nur eins, ich finde ihn und töte ihn.

Ich stelle fest, dass ich aufstehen kann, dass mir die Beine zwar zittern, aber gut genug gehorchen, um aufzustehen. Der Kopf zittert auch, am Hals sitzt er irgendwie locker, als rutschte er auf dem Geruch meines eigenen Blutes herum, der unter mir aufsteigt. Der Schmerz ist da, vermischt sich aber mit der Wut, was mich wach macht, meine Sinne schärft, und ich bin stolz, seltsam stolz auf mein jähes Bedürfnis zu töten.

Also setze ich mich in Bewegung, am hohen Ende des Tals entlang, und jeder Schritt ist ein Aufflammen im Kopf, so dass ich beim Laufen erschauere. Aber jetzt treibt mich die Wut an, und der Schmerz wird zwangsläufig zu einer weiteren Sache, an die ich mich gewöhnen muss. Meine Bewegung verändert sich: Ich hebe kaum die Pfoten aus dem Schnee, sondern streife mit ihnen über seine Oberfläche, so dass sie es nicht so weit bis zum Boden haben. Nach einer Weile trete ich so leicht auf, dass der Schmerz stetiger wird, und fast bin ich versucht zu glauben, die schlimmste Bedrängnis sei vorüber. Doch wenn ich stolpere, oder wenn der Schnee trügerisch ist und meine Pfote tief darin versinkt, dass ein Reißen durch den ganzen Körper geht, dann jault der Schmerz im Kopf auf, und ich muss eine Pause machen, abwarten, bis er nachlässt. So bewege ich mich voran und spähe, schnüffle am Boden und gehe weiter, mit weniger Pausen, da der Schmerz erträglicher geworden ist. Und mir fällt auf, dass die Grautöne der Dämmerung ringsum sich allmählich rot einfärben.

Es kommt mir nicht viel später vor, das Licht ist nur wenig heller geworden, als ich auf den Geruch des Fuchses stoße, der flach über dem Boden schwebt, durchsäuert von Angst und Erschöpfung. Als ich ihn wittere, schlägt mein Herz schneller, der Schmerz im Kopf flackert auf und flaut wieder ab. Ich bin glücklich, dass ich seine Spur so leicht gefunden habe, ich hatte befürchtet, nach den Verletzungen von gestern Nacht gelänge es mir vielleicht gar nicht. Aber es ist nur ein einzelner Glückstropfen, der meine Wut nicht davonspülen kann, und ich folge dem Geruch konzentriert, der sich zwischen und unter den abgebrochenen Bäumen entlangwindet, das Morgenlicht wird stärker, tönt alles in rosiges Grau – eine seltsame Helligkeit, die ich schon oft genossen habe und die mir jetzt sinnlos vorkommt.

Dann sehe ich nicht allzu weit vor mir etwas, das muss er sein: einen Flecken rotbraunes Fell auf dem rosigen Schnee, ein kleines Häufchen, das sich nicht regt, das schläft, dem mein Näherkommen entgeht, und ich werde langsamer, falle in einen leisen, behutsamen Gang. Er liegt zusammengerollt am Rand einer Lichtung, zwergenklein am Fuß eines Baums, die Schnauze fest in das Knäuel aus Pfoten und Schwanz gesteckt, wo es warm ist – und ich trete lautlos auf die Lichtung, auf ihn zu, die Bäume neben mir als Verstärkung im weichen roten Licht.

Doch irgendein Geräusch muss ich gemacht haben, denn plötzlich wirbelt der kleine Kopf hoch, die Augen zusammengekniffen, die Ohren gespitzt, und als er mich sieht, ist es, als versänke sein ganzer Körper im Schnee, die Augen weiten sich, er spannt den Hals an und senkt, neigt ihn unterwürfig.

Ich sollte ihn umbringen, jetzt sofort, nicht plötzlich unschlüssig hier herumstehen! Aber die Wut auf ihn, die so klar in mir stand, ist mit einem Mal trübe geworden, wie das Blut in meinem Körper, das, ich spüre es genau, in Teile einsickert, wo es nicht sein sollte. Vielleicht ist es der Winkel seines Halses, der mir ansagt, ein mir ähnliches Tier nicht anzugreifen – oder ist es nur die mitleiderregende Schmächtigkeit dieses Körpers vor der riesigen Baumwurzel? Was auch immer, es hemmt mich, und wie er lege ich meinen Kopf schief, nicht unterwürfig, sondern um meine Wunde zu verbergen, die Wunde, die mir ein Auge geraubt hat, denn da, wo der rote, leuchtende Wald sein sollte, herrscht jetzt nur eine bewegliche Helligkeit, in der sich keine Struktur, keine Kontur abhebt.

Doch mit meinem verbliebenen Auge betrachte ich den Fuchs, der zitternd und halb zusammengerollt im Schnee liegt, ruhig abwartet und mich ängstlich, mit gesenktem Blick beobachtet, keinen Funken Kampfgeist in dem kleinen rotbraunen Leib. Die Augen huschen ungläubig aufblitzend über meinen Körper, als erblickten sie den Frühnebel, der plötzlich vor ihnen Gestalt angenommen hat. Er kann mir nicht in die Augen sehen, anscheinend nur in die kalte Luft ringsum, sein Blick rast und zuckt hin und her, sein Kopf zittert knapp über dem blassrosa Schnee. Dann folgt er langsam der Linie von meinem Vorderlauf zur Brust, kriecht so langsam hoch, als wollte er mir jedes Pelzhärchen am Hals untersuchen.

Ich merke, dass ich meinen Kopf noch schiefer halte, als seine Augen fast schon meine treffen. Ich weiß nicht, warum ich das tue. Doch dass ich es tue, jagt mir plötzlich Angst ein.

Wir treten in Blickkontakt, und er fleht mich sofort wieder an, zeigt mir das Bauernhaus, genau wie gestern, als wir oben auf dem Hügel standen und nach unten sahen, seine Angst vor der Durchquerung des Tals, und auch den langen gewundenen Weg, den wir außen herum nehmen sollten. Dass er mir diese Lügen wieder zeigt! Mir brennt die Wut in den Schultern, und ich gehe einen weiteren Schritt auf ihn zu. Er krümmt sich noch tiefer, und ich starre ihm in beide Augen, suche nach seinen nächsten Gedanken, hungrig auf den Zorn, den er in mir auslösen wird.

Und vielleicht hätte ich noch länger gezögert, wenn er mir noch einmal die lange Strecke gezeigt oder mich herausgefordert oder mein Verlangen, das Tal direkt zu durchqueren, mit einem Knurren quittiert hätte – doch seine Augen zeigen nichts als Flehen, eine verzweifelte Bitte um Gnade, denselben Blick, den ich bei ihnen allen gesehen habe, und ich kann nicht anders als wild vorwärtszuspringen, meinen Hals in Position zu bringen, um den Hinterkopf des Fuchses zu treffen, der Schmerz im Kopf wird von der Bewegung zu einem tiefen Hämmern, und trotzdem wünsche ich mir nichts mehr als dort hinzukommen und so lange zuzubeißen, bis meine Zähne sich berühren und die dünnen Knochen und das Fleisch auf seinem Schädel durchtrennt haben. Aber als ich das Maul aufsperre, um den Fuchs zu packen, wird der Schmerz an der Wunde stärker, durchdringt meine Wut wie ein aufsteigender Schrei, lässt mir das Blut zu Eis erstarren vor Angst, dass er so schrecklich wiederkehren könnte, und explodiert mit neuer, unmöglicher Qual in meinem Kopf, als ich zubeißen will. Dieser Schmerz ist schlimmer als beim ersten Mal – er wird von keinerlei Schock betäubt – ich fühlte ihn kommen, als ich das Maul öffnete, und jetzt hat er mich im Griff, und ich taumele von dem Fuchs weg, benommen, das Auge zugekniffen, im Stehen schwankend.

Ich beruhige mich und warte, bis der Schmerz nachlässt, bekämpfe die Panik, dass er nie wieder aufhören wird, schiebe die Angst beiseite, dass ich sterben muss, dass ich jetzt unter Qualen sterben werde. Es ist, als bliebe nur ich zurück, stünde hier und fühlte nichts als den Schmerz im Kopf, während alles Andere weiterzieht, alles, aber nichts, woran mir liegt, alles Andere ist unwirklich und fern, jenseits der Tortur dieses Augenblicks. Aber langsam, so langsam, dass es zunächst mehr Hoffnung als Gefühl ist, zieht sich der Schmerz wieder zurück, und als er versickert, wächst Erleichterung in mir heran und öffnet sich wie eine vorsichtige, zögerliche Spätwinterblüte, wie in Angst vor einem zurückkehrenden Feind, aber doch immer weiter wachsend, bis ich ganz sicher weiß, dass der Schmerz weggeht und ich geschont werde. Die Kälte des Schnees unter den Pfoten kehrt zurück, die leisen Geräusche des Waldes bahnen sich ihren Weg durch einen Dunst der Erleichterung, so dass ich mich erinnern kann, wo ich bin und was gerade passiert ist. Mein eines Auge ist immer noch geschlossen, aber ich schlage es langsam auf, und in der verschwommenen jähen Helligkeit sehe ich eine rotbraune Fläche, die sich im Deutlicherwerden als Gestalt des vor mir stehenden Fuchses entpuppt, der den kleinen Kopf immer noch gesenkt hält, die Augen weit aufgesperrt, verständnislos.

Ich habe nicht im Gleichgewicht gestanden und torkele auf ihn zu. Er weicht ein paar Schritte zurück, und ich sehe, dass er Angst vor mir hat – unschlüssig, aber doch Angst. Er starrt die verwundete, zugerichtete Seite meines Kopfes an, deshalb mache ich einen Schritt vorwärts und wende den Kopf ab, damit die Verletzung verdeckt und stattdessen mein Auge sichtbar wird, dessen Blick ihn durchbohrt, dass er sich krümmt.

Was sieht er jetzt in mir? Sieht er die Angst und Verwirrung, die in mir herrscht, seit mich der Schmerz am Zubeißen hinderte? Oder sieht er, wozu ich plötzlich greife, was er sehen soll – den Schwan –, größer und großartiger in meiner Vorstellung, als er je in der seinen war? Er muss den Schwan sehen, denn jetzt erkenne ich ihn auch in seinen Augen, er füttert meine Gedanken mit den seinen, zeigt mir den Schwung des muskulösen Flügels, die Fleischmasse unter dem Schnee der weichen weißen Federn. Mein Bauch rollt sich bei der Aussicht zusammen wie ein Eidechsenschwanz, und im selben Augenblick habe ich weniger Angst – je mehr ich an den Schwan denke, desto mehr wachse ich vor dem Fuchs, werde in seinen Augen stärker und gefährlicher, die plötzliche Gier wischt seine Zweifel an meiner Macht beiseite.

Und auch wenn der Fuchs nur gelogen hat, ich stelle fest, dass ich jetzt nur noch an den Schwan denke und dass, wenn ich ihn finde, alles ein Ende hat. Was ist das für ein Winter, in dem Krähen Füchse jagen und Wölfe nicht zubeißen können? Ich habe einen Moment lang den Blick vom Fuchs gelassen, aber jetzt kehre ich zu seinen kleinen

Augen zurück und befehle ihm, mich hinzuführen. Gehorsam dreht er sich um und setzt sich langsam in Bewegung, wendet sich einmal um, ob ich ihm auch folge, und als er sieht, ich tue es, beschleunigt er sein Tempo.

9

Ich trabe leichtfüßig hinter dem Fuchs her und beobachte, wie sich die Landschaft verändert – die Bäume werden weniger, das Gelände steigt an, zunächst sanft, dann steiler, bis wir die Gangart zu einem zügigen Schritt verlangsamen müssen. Es finden sich nur noch einzelne Bäume, und wir ziehen von einer Lichtung zur nächsten, während vor uns undeutlich die Wölbungen von Hügeln und dahinter, dunkel und massiv, die klaren Umrisse ferner Berge aufragen.

Im Gehen pocht bei jedem Schritt der Schmerz im Kopf, erinnert mich an meine Verletzung, versetzt mich, Schub um Schub, in kalte Panik darüber, dass meine Kiefer unnütz waren, als ich den Fuchs töten wollte. Ich überlege, ob dieser Schmerz je wieder aufhören, ob die Lust in die Spitzen meiner Zähne zurückkehren und mir jener Augenblick eines Tages nur noch eine beschämte Erinnerung sein wird. Vielleicht werde ich halb auf einem gerade gerissenen Tier liegen, mich in seinen Eingeweiden suhlen, die auf dem warmen Boden eines Sommerabends verheilt sind, werde an dem weichen Fleisch seines Rumpfes zerren und an diesen Weg zurückdenken, hinter dem Fuchs her – welche Schwäche meine Gedanken beherrschte und welch törichte Sorgen ich mir machte, womöglich nie wieder töten zu können.

Jetzt wird es immer steiler, und während ich unter großer Mühe meine Pfoten in den Schnee drücke, beschleicht mich eine furchtbare Kälte. Wenn ich so in Bewegung bin, sollte ich eigentlich nicht frieren. Aber das ist nicht die Kälte meines Körpers. Ich mag ja davon träumen, dass ich ein Tier gerissen, ihm die Kehle aufgerissen habe, aber die Vision ist hohl – die Kälte, die ich spüre, kommt von innen, das ist mein Entsetzen angesichts einer bleibenden, ungewollten Veränderung, das kratzende Eis der Veränderung selbst, der Übergang zu etwas Anderem, begleitet von dem Flüstern, dass ich vielleicht nie wieder so sein werde wie zuvor.

Meine Beine sind taub und steif, müde von dem langwierigen Anstieg, meine Schritte werden unsicher, jedes Anheben einer schweren Pfote ist ein einzelnes, schwieriges Unterfangen, die körperliche Erschöpfung zieht mich hinunter wie ein Stein. Müdigkeit habe ich schon erlebt, aber jetzt liegt unter der Schlaffheit der Muskeln eine andere Art von Schwäche – die nicht nur meine Kraft auslaugt, sondern meinen Willen. Dort, wo bisher immer ein Schrei in mir war, einfach eine Leere, die gefüllt werden wollte, frage ich mich zum ersten Mal, wie notwendig es eigentlich ist, immer weiterzumachen, in Bewegung zu bleiben. Ich bin jetzt auf einem Auge blind, aber ich habe meine Blindheit gegenüber der Erschöpfung und der Sinnlosigkeit vergeblicher Verfolgung verloren – genau das also, was in meiner Vorstellung jedes Lebewesen im Wald am Wolf fürchtet. Noch nie hat mir vor jedem einzelnen Schritt so gegraut, vor dem immergleichen Stemmen und Schieben im Schnee, und noch nie habe ich so auf irgendeinen Anlass gehofft, mich dieser sinnlosen Übung zu entziehen. Ich hebe eine Pfote, um den nächsten Schritt zu machen, aber plötzlich ist jeder Grund dafür weg, und mir ist, als fiele ich, dabei bin ich nur stehen geblieben – freiwillig, und der Fuchs muss gehört haben, dass es hinter ihm still wurde, denn auch er ist stehen geblieben und hat sich umgedreht.

Ich befehle ihm, eine Rast einzulegen. Er scheint mir zuzustimmen, die Augen sagen nichts, die Haltung bleibt neutral, und ich warte, bis er sich in den Schnee gelegt hat, bevor ich mich steif aus der aufrechten Position niederlasse. Wir betrachten einander, der kleine Fuchs und der verletzte Wolf, er argwöhnisch und mit einer eigenartigen Neugier, während ich zurückstarre, die Wunde am Kopf pocht heftig und die unerträgliche Schwere der Erschöpfung schwemmt jäh in meine nachgebenden Muskeln.

Warum schaut er mich so an, frage ich mich. Mit einem geduldigen Interesse, so sieht es aus, als harrte er der Dinge nicht angstvoll, sondern erwartungsfroh, mit einer eifrigen Hoffnung, die er in seinem Blick zu verbergen sucht. Wüsste ich nicht, dass er Angst vor mir hat, müsste ich jetzt annehmen, dass in diesen Steinchen in seinem Kopf das Raubtier aufblitzt – das Leuchten kenne ich von meinen Artgenossen, wenn sie etwas entdeckt haben und mich zur Jagd rufen, oder nur als Spiegelbild eines Kampfes in ihren Augen.

Sieht er mich an und erblickt ein Tier im Kampf, ein Tier, das sich an seinem Leben festklammert?

Bestimmt sieht er mich nicht so! Er hat immer noch Angst – das ist klar –, ich kann es riechen und in seinen restlichen Gedanken sehen. Aber da schimmert Hoffnung im Innern seiner Angst, und ich fürchte mich davor, zu akzeptieren, was das bedeuten könnte und was er wohl in mir gesehen hat. Eisige Verzweiflung umgibt mich wie die kalte Luft, übermächtig und unentrinnbar, und stutzt jeden meiner Atemzüge zu flachem Japsen. Ich fürchte mich vor dem Gedanken an alles Mögliche: an meine Wunde, an diesen Winter, an den Schrecken, den Fuchs unter den Krähen zu entdecken. Doch solange es den Schwan gibt, gibt es auch Aussichten, und obwohl mir mein Gefühl sagt, dass der Fuchs mit großer Falschheit vorgeht, sehe ich ihn an und frage ihn, wie er von dem Schwan erfahren hat, und ich merke, dass die Hoffnung in mir aufscheint wie die Illusion ferner Wärme, wie die Helligkeit der Sonne in bitterer Kälte.

Seine Augen weiten sich aufblitzend und bedrohlich, betrügerisch schimmernd, als stünde er kurz vor einer Lüge, und meine Hoffnung rutscht ins Nichts. Dann sehe ich den Schwan in seinem Geist, und ich kann nicht daran zweifeln, dass er ihn einmal gesehen hat, dass er einmal sogar in seine Nähe gekommen ist. Vielleicht zeigt er mir das, weil er weiß, dass der Schwan mittlerweile meine einzige Hoffnung ist – er sieht, wie der Tod sich anschleicht, hat aber immer noch Angst vor der Gefahr, die ich darstelle. Ich beobachte ihn mit einem Auge und verlange mehr, ein Knurren entweicht mir. Womöglich bettele ich gerade, aber das ist mir egal – je mehr ich an den Schwan denke, desto mehr glaube ich, er könnte all dies verändern. Dieser Winter ist merkwürdig genug gewesen, so dass mich der Fuchs durchaus dorthin führen könnte, und wenn das passieren kann, heilt vielleicht auch meine Wunde; heilt ab wie andere Wunden, die ich hatte, und dann bin ich wiederhergestellt, bin von neuem, was ich war, nicht mehr einer der Schwachen, sondern Jäger der Schwachen!

Vielleicht zeigt mir der Fuchs den Schwan auch wieder aus purer Gerissenheit, um sich zu schützen. Er verbirgt seine Gedanken, lässt nur kurze, halbdunkle Einblicke zu. Was ist das denn? Wo ich bislang dachte, er hätte den Schwan vergraben, gibt es jetzt keinerlei Anzeichen dafür in seinem Geist. Er zeigt mir den Schwan, und der ist keineswegs vergraben, sondern steht aufrecht, weiß leuchtend wie der Schnee, und hat einen seiner großen Flügel am Boden ausgebreitet, verletzt. Soll das heißen, der Vogel ist immer noch am Leben, nicht vergraben, sondern in der Falle, weil er nicht fliegen kann? Und falls ja, warum hat der Fuchs ihn dann nicht längst getötet? Vielleicht hat er das und führt mich jetzt nur zu irgendwelchen verwesenden Überresten, den letzten verbuddelten Knochen, die überall die Spuren seiner Zähne tragen. Ich betrachte ihn – diese kleine Gestalt aus Haut und Sehnen, die vor mir liegt, mit ungefähr so viel Energie wie ein Haufen verrottendes Laub –, und plötzlich baut sich Hoffnung in meiner Brust auf, denn mir wird klar, dass er gar nicht die Kraft hätte, einen solchen Vogel zu töten – er ist zu klein! Der Vogel könnte ihn, auch flugunfähig, immer noch mit einem Schlag des gesunden Flügels entzweibrechen. Vielleicht führt der Fuchs mich hin, weil er hofft, ich töte den Schwan für ihn – und als Belohnung dafür, dass er mich dort hingebracht hat, darf er sich auch satt fressen!

Er starrt mich mit festem Blick an. Ich bettele ihn an, mir mehr zu zeigen, versuche es aus seinen grünen Augen herauszusaugen, und der Fuchs begreift es, begreift, dass mir mehr Bilder vom Schwan sogar noch lieber wären als das Ende des Winters, und er wendet sich grausam ab, verweigert es mir.

Die Wut hämmert wieder, zuckt mir in den Kiefern, die ich, wenn ich nur könnte, um das kleinere Tier schließen würde. Ich verbrenne an meiner eigenen Schwäche. Am liebsten würde ich alles ringsum zu blutigen Fetzen zerreißen. Offenbar spürt der Fuchs das, denn sein nächster Atemzug ist tiefer, seine Brust weitet sich, sein Kopf erhebt sich etwas höher. Allerdings merkt er nicht, dass er, als er zurückschaut, als er sich zurückdreht, siegreich in diesem Wettkampf, nicht mehr auf seine Deckung achtet und mich plötzlich sehen lässt, was er verbergen wollte – seine Erinnerung an die weiße Gestalt blitzt auf, die gegen eine Steilwand fliegt, abstürzt, hinabtaumelt und irgendwo zwischen den grauen Felsen verschwindet. Und dann eine rotbraune Gestalt, die er besorgt beobachtet, wie sie auf der Suche nach dem Vogel den Felsen emporkrabbelt, während er selbst unten nervös auf und ab läuft, den suchenden Blick nach oben gerichtet.

Als der Fuchs merkt, dass er mehr offenbart hat, als er wollte, duckt er sich wieder, die Augen werden milchig wie die Eisschicht auf einer Pfütze, nichts dahinter als trübe Dunkelheit, weder seicht noch tief. Ich wende den Blick ab, betrachte die Bäume und den Schnee und die Bäume dahinter, schwarze Spitzen aus weißem Boden, eine dichte Masse, Ende unabsehbar.

Ich wende den Blick ab, weil er nicht sehen soll, dass ich Hoffnung hege – dass, obwohl mich mein Instinkt leise zur Vorsicht mahnt, ich bei aller Verzweiflung plötzlich Hochgefühle hege, denn ich habe gesehen, sehe immer noch, was der Fuchs gesehen hat, nämlich wie der Vogel, weiß und leuchtend auf seiner geschwungenen Flugbahn, in die Felswand krachte, hinabtrudelte und verschwand. Aber was ist mit der rotbraunen Gestalt, die nach oben kletterte, dorthin, dem Vogel nach? Und mein Fuchs – er war unten angstvoll hin und her gelaufen, hatte die Gestalt hochkrabbeln sehen, bis sie immer kleiner wurde und schließlich weg war. Das sollte ich nicht sehen, aber warum? Da wäre Misstrauen angebracht – aber das Bild des Vogels in den Gedanken des

Fuchses, der Aufprall am Felsen und der Absturz, das alles erregt mich zu sehr, wie der Beginn einer Jagd, wie krachendes Hufgetrappel, ausbrechende Bewegung, die mich nur vorantreiben kann.

Ich stemme mich hoch, und der Fuchs steht mit mir auf, er ist etwas argwöhnisch ob der neuen Energie, die er in mir spürt. Ich habe Angst vor den Schmerzen, trete aber rasch auf ihn zu, ohne den Kopf zu drehen, ohne ihm die Wunde zu zeigen, die für ihn wie die Sonne strahlen muss, stelle ich mir vor, so hell, wie sie mir wehtut. Er zuckt zurück, immer noch mit glasierten Augen, aber in der Bewegung seiner Beine und Pfoten liegt das Tempo von Angst und Abscheu, er weiß, dass er mich weiter führen soll, zu dem Schwan, und ich sehe kurz Ärger in ihm, bevor er sich, wieder fügsam, gemächlich zum Gehen wendet.

Wir haben lange gerastet und sind schon lange unterwegs; das Licht wird schwächer, ist ohnehin nur die Trübnis eines Winternachmittags – dessen stetige Düsterkeit nicht von Wolken, sondern vom nahen Ende des kurzen Tages herrührt. Das Gelände steigt weiter an, die Bäume stehen

nicht mehr in Gruppen um Lichtungen herum, sondern werden immer spärlicher, bis die kahlen Stellen überwiegen, und hier, wo der Wind heimtückisch herniederpeitscht, über uns und die offene Schneefläche hinweg, werden die Bäume durch Steinbrocken und Felsblöcke ersetzt, deren scharfe Kanten finster und grau unter ihrer weißen Decke hervorragen. Ich betrachte den Fuchs, dessen kleiner Körper sich voranmüht, einziger Farbfleck vor dem weißen Untergrund und dem Grau des Himmels und dem dunkleren Grau der Berge – welche noch nicht in der Nähe sind, aber auch nicht mehr fern, unübersehbar und riesig erheben sie sich, trotz des Halbdunkels in intensiver Klarheit.

Wir laufen auf diese Monumente zu, aber sie sind über einen Tag entfernt, wir kommen nicht näher, sie werden nicht größer. Stattdessen kraxeln wir jetzt durch das Vorgebirge – weich gerundete Erhebungen aus schneefarbenem Gestein, deren Wellen unter unseren Pfoten beginnen, von uns fort und aufwärts in Richtung der fernen Berge, weiße Wogen, übersät von den spitzen Pünktchen einer Million Felsblöcke. Doch vor uns, nicht weit, quer über dem Horizont liegend, erhebt sich eine Steilwand aus dem Boden, ein graues Kliff, das das Gelände in Hoch- und Flachland teilt, als wäre der Teil, auf dem ich laufe, plötzlich nach unten gesackt und die senkrechte Felsbank die Stelle, wo er abgeschnitten wurde.

Auch der Fuchs starrt dorthin, und vielleicht spürt er, dass ich ihn beobachte, jedenfalls dreht er sich im Gehen um – in seinen Augen liegt eine Mischung aus Angst und Zufriedenheit, und darin ist die Felsnarbe, die sich quer über das Land zieht, von entscheidender Bedeutung. Ich glaube, wir nähern uns jetzt dem Ziel, und vor Erregung zieht sich meine Brust zusammen. Einen Moment lang wird der Schmerz im Körper leichter, die Umgebung wird mir scharf bewusst – dass dieses Land so eigenartig ist und dass ich meinen vertrauten Wald hinter mir gelassen habe. Doch während ich dort das späte Dämmerlicht der Wintertage liebe, ist es hier – wo die Bäume von Felsen verdrängt wurden und der Wind über den Boden fegt – eine Drohung.

10

Es ist fast Nacht, und wir haben das Kliff immer noch nicht erreicht. Ich schaue nicht nach oben, ob die Sterne schon am Himmel stehen oder ob der Himmel überhaupt klar ist, weil ich zu müde dazu bin. Die Dunkelheit bricht schleichend herein, während ich mich auf den Boden vor mir konzentriere, auf die kleinen Pfotenabdrücke des Fuchses im immer dunkleren Schnee. Eigentlich erregt mich die Nacht – verheißungsvoll, wie sie ist –, aber diese Nacht verheißt mir höchstens weitere Kämpfe, und auf mir lastet das verzweifelte Bedürfnis, mich einfach hinzulegen und zu schlafen.

Im Gehen lausche ich den Fuchspfoten, die sich in den Schnee drücken, das Geräusch ist mir zu einer Art zweitem Herzschlag geworden, ansonsten liegt der leere Raum von Schnee und Fels totenstill ringsum. Es klingt so leicht, und ich ertappe mich bei einem hasserfüllten Blick auf ihn, der vor mir herläuft, unbeeinträchtigt und nicht in den Spuren eines Anderen, während ich wegen meiner Verletzung ins

Stolpern gerate, nur um Schritt zu halten. Dann bricht das weiche Tappen vor mir ab, und ich hebe den Blick vom Schnee, sehe seine kleine Gestalt düster in der Dämmerung stehen, ein schwacher Farbtupfer, hinter dem die dunkelgraue Felswand jäh und riesenhaft aufragt. Er kehrt mir den Rücken zu, und ich komme näher, dankbar für die Verlangsamung, und bei dem Gedanken an eine kleine Rast werden Rücken und Beine weich und protestieren.

Wir stehen zusammen am Fuß des Kliffs, der Wind ist sacht, trägt nicht die intensive Kälte, die hier herrscht, die direkt aus der Felswand zu sickern scheint. Ich mustere die leere, glatte Fläche – höher als mancher Baum –, und dabei wird mir klar, dass hier der Schwan sein muss, hier hat ihn der Fuchs zumindest zum letzten Mal gesehen und konnte mir zeigen, wie er in der Luft trudelte und verschwand. War er von einem Menschen angegriffen worden wie ich? Hat ihn das aus der Luft geholt, an diesen Ort?

Jetzt dreht sich der Fuchs zu mir um, und ich frage ihn, ob er den Schwan hier gesehen hat. Ich hatte schon damit gerechnet, dass er mir nicht antworten würde oder nicht ohne Ausflüchte, weil ihm, fürchte ich, mittlerweile klar ist, wie abhängig ich davon bin, dass diese Suche nicht aussichtslos ist. Aber er entscheidet sich gegen jede Verweigerung oder auch nur Hinhaltetaktik – sein Blick ist schlicht in seiner Zustimmung, und darin sehe ich auch den Vogel wieder, kraftvoll, strahlend weiß in der Dunkelheit und mir zugewandt, so dass ich wie verzaubert bin, Hunger im Bauch und Sabber im Maul, bis er zwischen den Zähnen hinausläuft, und das Blut, das in meiner Brust fließt und von meinem Kopf tropft, ist so heiß wie Feuer.

Dies ist keine Lüge. Der Fuchs zeigt es mir so deutlich, als könnte ich in seine Gedanken eintreten und der Schwan würde vor mir stehen. Selbst er, so gerissen er auch sein mag, könnte mir das nicht nur der Täuschung halber zeigen – ich kann in ihm erkennen, dass der Schwan noch lebt und in der Nähe ist, und einen Moment lang sind er und ich als Raubtiere verbunden, wir gestatten uns, das Begehren nach dem Fleisch des Vogels miteinander zu teilen, das Bedürfnis, ihm das Leben aus dem Kopf zu quetschen und die Kraft von seinen Flügeln in unseren Körper zu holen. Ja, er muss in der Nähe sein! Ebenso wie ein Viech Gefahr spüren kann, auch wenn man bei der Annäherung keinen Fehler gemacht hat, kann ich jetzt diesen Schwan spüren. Seine Gegenwart scheint aus der Felsfront hervorzusummen, genau wie die Kälte, schmerzlebendig, nach draußen drängend zu der Hitze meines Blutes.

Ich schaue an dem Kliff und seinem ungerührten Gesicht hoch. Ich kann keine Konturen, keine Einzelheiten erkennen, nichts ragt hervor, und ich denke, dass das vielleicht anders wäre, wenn ich beide Augen benutzen könnte, aber wer weiß. Mein Blick fällt wieder auf den Fuchs, und in diesem Moment verändert er sich – da flackert noch ein wenig von dem Feuer, das der Schwan in uns beiden entfacht hat, aber darunter stelle ich plötzlich widerstrebend fest, dass er mich nicht mehr fürchtet. Ich erschrecke, als er die Zähne bleckt und die Schultern senkt, nicht weil sein näher kommendes Gebiss so scharf wäre, sondern weil er so verzweifelt in seiner Absicht ist und ich das verstehe – ich verstehe ihn und seinen Zustand, der Geist ist wie ein Stein in seinem Instinkt versunken und zwingt ihn zum Handeln. Ich kenne das aus den Augen von Anderen – ich habe es selbst schon gespürt –, und deshalb weiche ich vor dem Fuchs zurück, als wäre er eine gefährliche Schlange, wende mich etwas ab, um mich auf seinen Biss vorzubereiten, und beobachte, wie seine Augen triumphierend glitzern, doch er greift mich gar nicht an, sondern presst sich wieder an den Boden, dreht sich schnell um und huscht fort, am Fuß des Felsens entlang.

Einen Augenblick lang bin ich gelähmt. Ich müsste hinter ihm her, aber ganz kurz packen mich Zweifel: Ich weiß nicht, warum ich ihn wieder jagen soll oder was ich tun werde, wenn ich ihn eingeholt habe – wäre es nicht viel besser, einfach hier zu liegen und zu schlafen, und wenn ich aufwache, ist die Welt vielleicht heller? Meine Beine sind wie Stein, mein Rücken ein morscher Ast. Aber wenn ich mich jetzt hinlege, stehe ich womöglich nie wieder auf. Ich werde von etwas verfolgt, das mich im Schlaf erwischen könnte, und plötzlich, während ich dem Fuchs nachschaue, wird mir klar, dass er vielleicht schon zu weit weg ist. Und die Gegenwart des Schwans – die wundervolle, pulsierende Hitze, die ich verspürte, selbst an diesem grimmigen Ort mit seiner Kälte –, diese Gegenwart zieht sich auch zurück, als flöge sie über dem Fuchs entlang und er wäre ihr Schatten. Ich könnte ihn leicht ziehen lassen – ich bin so erschöpft, dass ich selbst einen Hasen unter mir nicht halten könnte, aber den Schwan darf er nicht mitnehmen, nicht in diesem Winter und nicht bei meiner Verletzung.

Mir sinkt der Körper in die Beine, die Pfoten überspannen so viel Schneefläche, wie die Leiche des Fuchses bedecken würde, und dann ein plötzlicher Sprung voran, weg aus dieser Lähmung, die Luft sticht mir ins Auge, und die Beine strecken sich zum vollen Galopp. Ich hole auf – schnell –, er kann sich nicht mit meinem Tempo messen. Dann bleibt er fast stehen, und einen Moment lang glaube ich, er hätte aufgegeben und kehrte zu der bebenden Unterwürfigkeit von vorher zurück. Aber er bleibt gar nicht ganz stehen – sondern dreht sich um und springt plötzlich auf den Felsen, krabbelt hoch zu einem kleinen Sims, und als ich unter ihm eine Kehrtwende mache, im Schnee schleudernd, springt er gerade auf das nächste Sims und das übernächste und findet vorsichtig und sorgfältig einen Weg an dem nackten Kliff empor.

Ich beobachte ihn, wie er über mir hochklettert, und kurz denke ich, jetzt ist die Jagd vorbei. Dann sehe ich das erste Sims, auf das er gesprungen ist, und nachdem ich dort hingekraxelt bin, kann ich das nächste erkennen, ich folge ihm zögernd nach oben, sehe die übernächste Etappe immer erst, wenn ich die nächste erreicht habe, der Fuchs aber, der kennt den Weg offenbar gut, denn er ist viel schneller und hängt mich ab. Jedes Mal, wenn ich wieder ein Sims geschafft habe, schaue ich nach oben, wo er gerade ist, und jedes Mal ist er weiter oben und kleiner.

Fest entschlossen springe ich ihm hinterher, von Sims zu Sims, meine Beine werden schwächer, und bei jedem Sprung bin ich kurz davor, die Nerven zu verlieren. Bei dem nachlassenden Licht wird es immer schwieriger, die nächste Etappe in der Wand zu erspähen, und dann, wieder einen fernen Felsvorsprung im Blick, sinke ich auf die Hinterbeine, aus denen die Kraft schier hinausläuft, so dass der nächste Schub in die Luft vielleicht nicht ausreichen wird. Und prompt verpasse ich das Sims mit einer Pfote, kurz fürchte ich abzustürzen. Aber ich kann mich festhalten – die Pfote in der Luft findet irgendeinen Haltepunkt darunter, und ich krabbele auf den Vorsprung. Erschüttert, mit hämmerndem Herzen und vor Erschöpfung singenden Beinen, lege ich eine Pause ein. Ich stehe lange da, atme tief durch, mein Auge fällt unter der Last der Müdigkeit zu, dabei weiß ich, dass ich weitermuss, aber ich bringe die Willenskraft dafür nicht auf.

Das verbleibende Licht existiert fast nur noch in meiner Einbildung, und als das letzte bisschen in der Dunkelheit versickert, wird die Felsfront des Kliffs zu einem ungestalten Placken Grau und Schwarz, auf dem kein Sims und kein Weg zu erkennen sind. Der Vorsprung, wo ich stehe, ist so schmal, dass ich die Pfoten eng nebeneinanderstellen muss, und ich lehne mich an das Gestein neben mir, voller Angst, dass mich sonst der auffrischende Wind packt und in die dunkle Tiefe zieht. Ja, ich habe jetzt Angst, auf diesem Sims zu sein, und mit aufsteigendem Entsetzen wird mir klar, dass ich nicht weiterkomme, denn ein Sprung von hier aus wäre ein Sprung in die schwarze Luft, sonst nichts. Ich versuche, mich rückwärts zu schieben, vielleicht ist dort ja etwas mehr Platz, so dass ich mich umdrehen und den Rückweg nach unten antreten kann, aber nach kurzer Zeit rutscht mir eine Hinterpfote weg und hängt plötzlich im leeren Raum.

Ich sitze fest. Ich sitze fest und muss hier bleiben, an den Felsen gedrückt, der sich anfühlt, als wollte er mich wegschubsen. Die voranschreitende Nacht bringt neuen Schnee und einen Wind, der die herabfallenden Flocken trudeln lässt und in heftigen Wirbeln gegen die Wand treibt. Ich stehe auf dem winzigen Sims, klammere mich verzweifelt fest, durchgerüttelt und gepeitscht von dem Schnee, der mir ins Auge sticht, dort, wo ich noch sehen kann. Die Beine, kalt und müde, fangen an zu schlottern, und die Pfoten, sosehr ich sie auch spreizen mag, rutschen langsam unter mir weg.

Plötzlich habe ich keine Angst mehr. Vielleicht falle ich ja schon längst, das Auge geschlossen, während mir der Wind an der Flanke hochrauscht. Vielleicht macht, wenn ich abgerutscht bin und jetzt sterben muss, die auf mich zukommende Erde meiner Traurigkeit ein Ende – Traurigkeit nicht über meinen Tod, nur über den Augenblick des Sterbens, den Augenblick, wenn der sinnlose Kampf aufhört; wenn offenbar wird, dass alles Kämpfen und Leiden sich als wertlos erweist. Ich habe Kreaturen gesehen, gejagt und gerissen, die sich bis zum Schluss retten wollten, und jetzt bin ich der Unglückliche – der auf diesem schmalen Vorsprung leidet, der auf den Tod wartet, während mir das Leben aus dem verletzten Kopf tropft und sich zähflüssig im verkrüppelten Maul ansammelt. Es macht mich traurig, und ich begreife, dass ich, wenn ich meine Opfer riss und tötete und zerfleischte, immer von dieser Traurigkeit erfüllt war, doch sie war verdeckt von Knurren und Zähneblecken und Wut auf deren klägliche Bemühungen.

Die Nacht umspült mich mit Wind und Kälte, und neben mir lauert der Fels, der mich von dem Sims schubsen will. Ständig rutschen mir die Pfoten weg, und während ich mich festklammere, ist es, als würde mich jedes bisschen neu gewonnener Halt auch wieder stärker zum Abgrund schieben, da mir der Felsen böswillig gegen die Flanke drückt. Ich bin hilflos! Ich bin wie das torkelnde, nasse, neugeborene Kalb, das ich so hasse wie jetzt mich selbst auf diesem Felsvorsprung, zitternd und schwach auf dünnen Beinen. Und dann zerreißt etwas in meinem Kopf, als wollte sich etwas seit langem Eingesperrtes jetzt freibeißen, und ich schließe das Auge, um dem zu entkommen. Ich kneife es fest zu, aber jetzt sehe ich alles immer deutlicher, ich sehe sie deutlich, jedes Bild verwandelt sich in ein stärkeres als das vorherige, die fliegenden Beine und Schwänze, der Staub, den die Hufe aufgewirbelt haben, das Ausrutschen im Schnee, die gesenkten Hörner, die manischen Sprünge und die Augen, alle gleich, alle am Ende wie das Kalb – die dumme, brutale Unschuld des Kalbs.

Was war ich? Ich weiß nicht, was da über die sich aufwärmende Erde lief und plötzlich von einem scharfen Geruch gestoppt wurde, von einem Gestank, der mich in den Wald eintauchen ließ mit beschleunigtem Herzschlag und wütender Übelkeit vom Magen bis zum Kopf. Und dann mit einem Sprung über einen verrottenden Baumstumpf hinweg, der sich unter der ihn streifenden Pfote bewegte, ein merkwürdiges Gefühl, als hätte sich die Erde und alles auf ihr bei meinem Sprung ein kleines bisschen gerührt. Aber wenn ich landete – wenn ich im hohen Gras landete und mich vorbeugte, um an den feuchten Pfoten zu schnüffeln und denselben Geruch wiederzufinden, der mich ursprünglich losgetrieben hatte, dann konnte ich nicht anders, ich musste langsam wieder zurückkehren. Ich schob mich durchs Gras, die grünen Kanten schnippten mir gegen Nase und Zähne und schlitzten mir die Zunge auf, und dann war es da, ein Kalb, von dessen feuchtem Fell Dampf aufstieg, seine Ohren waren abgeknickt und plattgedrückt von der Geburt, der Kopf wackelte auf dem Hals, als es sich umwandte und mich ansah.

Ich erinnere mich an die Bäume dort, die Grasbüschel, den gewellten Untergrund um die Wurzeln und meine Schlafstellen herum, denn ich brauchte tagelang nicht fortzugehen. Als ich mich dem Kalb näherte, wusste ich noch nicht, dass seine Mutter etwas weiter tot dalag. Ich hielt argwöhnisch nach ihr Ausschau, ahnte aber schon, dass sie tot war, dass das Kalb und ich allein waren. Als ich näher kam, versuchte es aufzustehen. Es scharrte und stemmte sich mit den Beinen gegen den Boden, dann kniete es auf den Gelenken der Vorderbeine, mit tropfenden Ohren, zitternd und keuchend vor Angst und Anstrengung. Ich hielt inne und sah zu. Ich sog die Bewegungen, Gerüche und Geräusche ein, die es beim Aufstehen machte, wie das Wasser eines dünnen, aber tiefen Rinnsals im Sommer. Das Kalb kämpfte sich verzweifelt ab, um aufzustehen, und lang genug, dass die meiste Feuchtigkeit auf seinem Rücken getrocknet war – und als es das letzte Bein vom Boden abdrückte und eine schlichte Hoffnung in seinen Augen aufschien, da schoss ich vor und nahm es am Hals, duckte mich kurz, um von unten zuzubeißen, mit dem perfekten Todesbiss, dem perfektesten aller Todesbisse, und das Kalb war tot, noch bevor wir beide weich im Gras hinter ihm landeten.

Und jetzt bin ich das Kalb – von den Umständen in die Falle getrieben, so wie es damals von der Natur. Ich schäme mich für dieses Kalb. Ich schäme mich für uns beide – dass man überhaupt dazu gezwungen wird, sich so hilflos zu fühlen!

Doch auch aus dieser Nacht scheint irgendwann das Tageslicht hervor, und bald ist der Himmel grau genug, dass ich die Form des Felsens erkennen kann, auf dem ich stehe,

eine dunkle Linie, die mir bis zu den Pfoten reicht und sich unter meinen Krallen in das Kliff hineinwindet. Erschöpft, an den Beinen, am ganzen Körper zitternd und schmerzdurchdrungen, spähe ich nach vorn und nach oben, auf der Suche nach dem nächsten Sims. Ich recke den Hals vor, rutsche auf dem dünnen Vorsprung aus, der von der schmelzenden Wärme der Pfoten feucht und glatt geworden ist, und frage mich, ob der Weg vielleicht ebenso gut nach unten wie nach oben führt. Direkt unter mir entdecke ich etwas, das nach einem vorragenden Felsrand aussieht, und mit plötzlich aufkeimender Hoffnung recke ich mich vor, um ihn besser zu sehen. Doch als ich das tue, rutsche ich mit der Vorderpfote vom Sims, versuche verzweifelt, mich wieder nach hinten an den Felsen zu lehnen, doch dann sause ich jäh nach vorn, als hätte mich jemand geschubst – mein Körper taumelt über das Sims, und ich falle, drehe mich mitten in der Luft, und dann habe ich nur noch einen Gedanken: dass ich jetzt ganz bestimmt sterben muss.

Ich spüre nicht, wie mir der Boden entgegenschlägt. Stattdessen lande ich halb auf dem Felsrand unter mir, die Hinterbeine zappeln in der Luft, aber der Kopf und die vordere Körperhälfte suchen verzweifelt Halt an der Felsfront, die Krallen rutschen vom Stein ab, aber ich ziehe trotzdem mit ihrer Hilfe und verdrehe Hals und Kopf und schiebe und scharre mich mit den Hinterbeinen irgendwie auf den Absatz hinauf. Dieses Sims ist breiter, der reinste See an Platz, und ich tauche darin ein – unter jeder Pfote spüre ich etwas

Hartes, als ich mich flach hinlege, unter dem Schwanz, den ausgestreckten Beinen, der Brust und auch der Schnauze, während mir die Panik rot schäumende Atemzüge aus den Nüstern treibt. Mein Auge klappt zu, das Morgenlicht wird weggedrängt, und ich falle erneut in Schlaf, aber diesmal tief, und in einem letzten Funken denke ich, wenn ich sterben muss – wenn ich tatsächlich sterben muss, dann gehe ab jetzt ich den ersten Schritt.

11

Als ich aufwache, bin ich verwirrt, mir ist nicht klar, warum ich mit Schmerzen in Brust und Kopf aufwache und warum die Erde unter mir so hart ist. Dann fällt mir wieder ein, wie ich auf dem Felsvorsprung landete und mühsam und verzweifelt hochkrabbelte. Ich schlage das Auge auf und erinnere mich an immer mehr, alles steigt plötzlich aus der Umnebelung des Schlafs hoch, gleichzeitig sinkt mir das Herz in der Brust immer tiefer, wie ein geworfener Stein, und schickt kleine Wellen der Scham und Hilflosigkeit in den restlichen Körper. Eine Weile liege ich reglos da, dann stehe ich auf und strecke mich langsam, von Kopf bis Fuß wund vor Erschöpfung, und bei der geringsten Bewegung hämmert wieder der Schmerz im Kopf, unerträglich.

Das Tageslicht hat noch Kraft. Ich blicke zum Himmel, und was ich davon sehen kann vor dem Grau des Kliffs, ist weiß mit kleinen blauen Flecken, darunter verläuft die offene, weiße, felsige Ebene, von hier bis zur Baumgrenze – zuerst sind es vereinzelte kleine Grüppchen, dann rücken sie zusammen zu einer stillen, dunklen weißen Masse und bedecken das Land bis in die Ferne. Ich habe den Wald noch nie von so hoch oben gesehen – es kam mir schon immer vor, als würde er nie aufhören, aber wenn ich jetzt sehe, wie weit er sich tatsächlich erstreckt, ist es eine Folter, die Großartigkeit von etwas gezeigt zu bekommen, gerade wenn es einem weggenommen wird. Ich kann mein Zuhause sehen, aber nicht riechen oder hören und unter mir fühlen! Ich will dort wieder hin, unter die Bäume, nicht wie ein Vogel hier auf dieser Felsenklaue hocken.

Die Plattform, auf der ich mich befinde, ist geräumig – ich kann mich umdrehen, ohne Absturz fürchten zu müssen, sie reicht ein Stück in die Felswand hinein, verjüngt sich dabei und endet mit einem schwarzen Flecken im Gestein. Mir wird eng in der Brust, und mein Atem stockt. Ich hebe den Kopf höher, die Bewegung versetzt mir einen Stich, aber das ist mir egal, denn ich spähe zu diesem Flecken hin – diese dunkle Stelle könnte einfach nur eine dunklere Schattierung des Steins sein oder ein Verwirrspiel des Lichts, aber jetzt knurrt mich meine Raubtierhoffnung an, dass es sich auch um den Eingang zu einer Höhle handeln könnte.

Ich atme weiter und senke den Kopf zu dem Felsboden, auf dem ich stehe, sauge die Luft ein und rieche mein eigenes Blut, den leeren Geruch des Steins und, dazwischen gekauert, als wollte sie sich verstecken, die Fährte des Fuchses. Er war hier! Ich nähere mich mit gesenktem Kopf dem schwarzen Flecken, lasse den Blick nicht davon, forme ihn mit meiner Willenskraft um zu der ersehnten Öffnung, folge der schwachen Spur des Fuchses, die doch nur zu diesem Loch führen kann, geradewegs. Schnell sehe ich mich um, ob es eine andere Möglichkeit gibt, aber die Felswand ist glatt – von diesem Sims geht kein anderer Weg fort als per Sturz zum Erdboden hinter mir.

Und ein paar Schritte später sehe ich, es war nicht das Licht, da ist wirklich ein Loch – ein Spalt im Felsen, ins Dunkel hinein –, und ich stehe davor, das Tageslicht hinter mir wird heller, fast schon Sonnenschein, was die Schwärze der Öffnung noch undurchdringlicher wirken lässt. Ich schnüffle am Fuß des Lochs. Kein Zweifel, hier ist der Fuchs durchgekrochen, durch dieses Loch – sein Geruch ist schwach, macht sich aber allen meinen Sinnen schrill bemerkbar, und ich frage mich, wohin er wohl gegangen ist, was dort ist und ob meine einzige Hoffnung im Innern dieses Berges verborgen liegt, der Schwan, von dem er erzählte, oder ob der Fuchs mir nur seine schwache Ausdünstung hinterlassen hat, als erneuten Betrug. Ich senke den Kopf und spähe in die Dunkelheit, wittere merkwürdige Gerüche, die sich verwirrend mischen, sehe mit meinem Auge verschwommenes Schwarz und Grau und höre nichts, außer einem ruhigen, stetigen Rhythmus, der sich nach tropfendem Wasser anhört, schwach widerhallend, wie von fern.

Das Loch ist flach, ich muss bäuchlings hineinkriechen, der harte Fels schrammt mir schmerzhaft über die verletzte

Brust. Ich schiebe mich vorwärts, sehe zuerst nichts in der plötzlichen Dunkelheit, bis sich der Spalt etwas weitet, ich versuche aufzustehen, spüre die Höhlendecke auf Schultern und Rücken, den Boden unter den Pfoten, und so tappe ich blind weiter, bis sich schließlich der Fels von mir löst und ich ohne Last beinahe stehen kann. Es ist immer noch zu dunkel, um etwas zu erkennen, und ich fürchte schon, dass sich das hier nicht ändern wird, aber während ich mich tiefer hineinwage, folgt mir auch mehr Licht, und mein Auge gewöhnt sich daran – bald kann ich die scharfen Konturen der Felsen ringsum wahrnehmen, ihre Struktur, und sehen, wie sich die Decke der Höhle anhebt, je weiter der Bau in den Berg hineinreicht, das hinterste Ende verliert sich im Dunkeln. Mit einem Blick auf die Pfoten stelle ich fest, dass ich auf einem breiten Felsstück stehe, immer noch so nah an der Decke, dass ich mich bücken muss, während unter mir, tief in den Felsen eingeschnitten, ein Loch voller Wasser liegt – ein schwarzer stehender Tümpel, aus dem ein dicker Dunst aus Dreck und Verrottung aufsteigt, erstickend.

Der Tümpel ist groß, sein Ende verliert sich irgendwo im Dunkeln, wie die Decke, aber in der Mitte ragt ein kleiner Felsen aus der öligen Oberfläche, abgerundet und mit helleren Streifen verschmiert, die ihn fast völlig bedecken. Ich sehe keinen Schwan, aber unter dem Gestank aus Fäulnis und verschmutztem Wasser wittere ich etwas, das sein Geruch sein könnte – vielleicht war er auch, wie der Fuchs, einmal hier, ist es jetzt aber nicht mehr, und mit der Bitterkeit der verlorenen letzten Hoffnung denke ich, dass ich vielleicht seinen verwesenden Kadaver rieche.

Gerade will ich mich umdrehen und den Pesthauch dieser Höhle verlassen, als ich am hinteren Ende des Tümpels ein winziges Zucken wahrnehme, einen Hauch Bewegung. Ich halte den Kopf absolut still, befürchte einen Irrtum meines Auges und zwinge es doch, den Blick in die Finsternis zu bohren, nicht voller Hoffnung, aber mit der Gewissheit der Verzweiflung, ohne Erwartung, aber doch im Wissen, dass da etwas ist – sein muss. Ich warte, aber nichts regt sich, und obwohl ich fürchte, dass es meine eigene Kopfbewegung war, die mich etwas sehen ließ, *weiß* ich, da ist etwas, denn ich höre schwaches Wispern zwischen den einzelnen Wassertropfen.

Mit weit aufgerissenem Auge lege ich den Kopf mal auf die eine, mal auf die andere Seite und versuche, das Zittern, das ich sah, wieder einzufangen, lausche den geringsten Geräuschen, die sofort verschwunden wären, wenn ich sie nicht mit aller Aufmerksamkeit festhielte. Langsam taste ich mich zum Rand des Felsens vor, bewege den Kopf so wenig wie möglich, bemühe mich mit allen Sinnen, die Dunkelheit zu durchdringen. Die Pfoten auf der Kante, beuge ich mich vor, recke Hals und Kopf über den Tümpel, so dass plötzlich Blut aus meiner Wunde in das Wasser darunter tropft, in die Geräusche hineinklatscht, die ich so verzweifelt auffangen wollte. Dann spüre ich, wie mir etwas unter der Pfote in Bewegung gerät, wegrutscht, weich und kalt wie ein Stein – und einen Augenblick später ertönt von unten ein lautes Platschen, das mich zurückzucken lässt und erschreckend in der gesamten Höhle widerhallt.

Und da bewegt sich wieder etwas in der Dunkelheit, diesmal sehe ich es ohne jeden Zweifel: eine große Gestalt, die sich an die hintere Wand des abgesunkenen Tümpels presst, so flach wie möglich am Felsen, als wollte sie darin verschwinden, die sich an der glatten, unbezwingbaren Fläche nach oben reckt und wieder zusammensackt. Ich erstarre und kann nichts Anderes tun als hinstieren, ohne Sinn und Gefühl, als ich ganz deutlich einen Flügel erkenne und einen Hals, der wie eine Flamme am Felsen emporleckt. Das ist der Schwan, ich weiß es, aber nicht der Schwan, den ich mir vorgestellt hatte, der die Summe all meiner Hoffnungen war, sondern eine verzweifelte, schlotternde Kreatur, grau und geduckt, ein zerzauster und abgeschürfter Körper, der auf dem Abschaum schwarzen öligen Wassers treibt, einen letzten Hauch Leben in jeder Bewegung.

Die Flamme des langen Halses erzittert und dreht sich, und obwohl es dunkel ist – obwohl der Raum vor mir nur aus Schattierungen von Dunkelheit besteht –, sehe ich sein kleines Auge glitzern, einen winzigen, bebenden Fleck, der still leuchtet, als könnte er das sämtliche karge Licht der Höhle einfangen und mir entgegenschleudern. Was für ein Auge, das mich da ergreift! Darin liegt weder das Herausfordernde des Viechs noch das Betteln von Hase oder Fuchs. Stattdessen eine Tiefe, eine Schwärze, nicht wie das Wasser eines Tümpels, sondern wie ein Himmel ohne Mond oder Sterne, und ich weiß, dass der Schwan mich gesehen und alles begriffen hat – er weiß, dass ich herkam, um ihm das Leben zu rauben, aber dass ich verwundet bin, schwach –, dass ich ihn nicht totbeißen, aber doch vielleicht unter die ölige Wasseroberfläche drücken kann. Er sieht das und hat keine Angst. Er stößt sich von der hinteren Wand ab, sein Körper dreht sich fließend unter seinem reglosen Kopf, so dass beide in meine Richtung zeigen, und einen Augenblick lang sehe ich in dem zwiefachen Schwung seiner ausgefransten Flügel die fraglose Anmut seines Wesens – der Anblick schmerzt –, etwas Wunderschönes, aber nur für denjenigen, der mit den Augen eines Jägers sieht, was ich nicht mehr tue.

Er kommt auf dem Wasser näher, und ich zucke vor Erwartung mit den Hinterbeinen. Ein dumpfer Zorn pocht mir in den Ohren, und ich denke, gleich springe ich ihn an und riskiere einen Schlag seiner Flügel, spüre den glitschigen Griff des Wassers am Auge, während ich ihn zum Boden des Tümpels hinabreiße. Der Schwan muss meine Absicht gesehen haben, denn er hält inne und weicht zurück, aber irgendetwas in mir hat auch innegehalten – mein Wille, den Vogel zu ertränken, ist weg: der Gedanke, diese faulige Flüssigkeit zu schlucken, darin unterzugehen, sie in Nüstern und Kehle eindringen zu lassen wie Stacheln, ist plötzlich zu stark, ich kann mich nicht mehr mit den Beinen abdrücken und springen.

In den Augen des Schwans lauert eine Warnung. Er legt den Kopf schief, und ich sehe mich selbst: Ich stehe auf dem befleckten Felsen in der Mitte des Wassers, den Rücken gekrümmt, den Hals gesenkt, das Fell mit schmierigem Wasser überzogen. Ich knurre und zittere und starre, während etwas um mich herumwirbelt, nach mir schlägt, so dass ich den Halt auf dem schmodderbedeckten Stein verliere, ausrutsche und kopfüber in den Tümpel klatsche. Ich sehe mich ins Wasser stürzen, sehe meine Versuche, mich umzudrehen und wieder auf den Felsen zu klettern, und der Anblick macht mir Angst, denn mir wird klar, das könnte ich bis ans Ende meines Lebens tun, wenn ich auf der Jagd nach dem Schwan in den Tümpel springe – er könnte mich mit Leichtigkeit umkreisen und in sicherem Abstand zu meinem Gestrampel abwarten, bis ich irgendwann vor Erschöpfung ertrinke oder verhungere, nachdem ich mich ein letztes Mal auf den Felsen gehievt habe, ein atemloses Bündel Haut und Knochen, ein weiterer grauer Streifen.

Aber warum kann der Schwan das sehen? Er zeigt mir diese Dinge so deutlich, als würde er sie kennen, als hätte er mich schon einmal gesehen, wie ich auf dem Felsen stand und knurrte, nach ihm ausholte und in den Tümpel flog und nach vergeblichem Paddeln in dem stinkenden Wasser wieder auf den Stein zurückkehren musste. Und dann begreife ich, denn in seinen Augen zeigt er mir, wie der Fuchs hier stand, in nahezu absoluter Dunkelheit – ich sehe den Vogel, der seinen willigen, fügsamen Körper führt, die Pfoten mit dem langen Hals und Schnabel vorwärtsstupst, mit stummem Druck den Körper hierhin und dorthin dirigiert. Ich sehe, wie der Fuchs nach vorn springt und in einem Gang weiter oben verschwindet, sehe einen Sprung blindlings ins Dunkel, den er fast täglich macht, und dafür, dass der Schwan ihn geführt hat, wirft er ihm Fressensabfälle in das ölige Wasser, die der Vogel dankbar verschlingt – Räuber und Beute verhalten sich wie Mutter und Kind, das ist so pervers, dass ich schockiert bin und es nicht begreife, aber so schnell und so eindeutig, dass ich es nicht anzweifeln kann.

Einen Atemzug später kommen mir doch Zweifel. Ich frage mich, ob der Schwan – ein Wesen, das mir unbekannt ist – über irgendwelche Tricks oder Täuschungsfähigkeiten verfügt, um sich zu retten. Wenn ich in den Tümpel mit seinen hohen glatten Wänden ringsum spähe, scheint eines sicher: einmal drinnen, käme ich nie wieder auf dem Weg hinaus, den ich gekommen bin. Und der Schwan – er sitzt auch in der Falle. Warum würde er, wenn er wegkönnte, freiwillig hierbleiben? Nach dem Schmutz und Gestank der Höhle zu urteilen, ist er schon lange hier, dabei gibt es kein anderes Leben hier drinnen, nichts, nicht einmal den einfachen grünen Schleim, der sonst die Felsen am Wasser bedeckt. Er muss seine Nahrung vom Fuchs bekommen – vielleicht benutzt er dasselbe Talent zur Täuschung, um den Fuchs zur tagtäglichen Rückkehr mit einem Bündel Fressen im Maul zu zwingen.

In meinem Innern spüre ich den ruhigen Puls der Erkenntnis, als hätte ich die Spur irgendeines kleinen Tieres verloren und dann plötzlich gemerkt, dass es sich unter einem Stein in der Nähe versteckt hat. Ich mache eine Kehrtwende in dem Dämmerlicht, zurück zu der Öffnung, muss mich wieder flach machen und durch das scharfkantige Gestein quetschen, bis meine Nase draußen im Sonnenlicht ist, und dann stehe ich mit dem ganzen Körper wieder in der kalten, frischen Luft, befreit vom üblen Dunst der Höhle. Doch als ich die Plattform absuche, bin ich entmutigt – ich hatte erwartet, beim neuerlichen Blick etwas zu entdecken, das mir vorher entgangen war, nämlich die Route, über die der Fuchs aus der Höhle kommt, aber es gibt keine Route! Ich laufe auf dem Sims hin und her, sehe überall nach, halte den Kopf schief und überlege, dass ich sie vielleicht nur nicht sehe, weil ich ein Auge verloren habe. Doch da führt kein Weg von dieser Plattform herunter, außer man stürzt über den Rand und zu Boden.

Ich stehe am Abgrund, spähe in den Schnee unter mir und frage mich, ob ich den Sprung überleben könnte. Ich weiß, es ist völlig undenkbar, aber ich bin so verzweifelt, dass ich mir die Schwäche erlaube, es einen Moment lang für möglich zu halten – und dann schäme ich mich. Da liegt auch kein Fuchskadaver, der auf einem der Felsvorsprünge weiter unten zerschellt wäre, und doch klebt sein Geruch an dem Stein, wo ich stehe, in der Öffnung zur Höhle und in der Höhle selbst. Der Schwan muss mir die Wahrheit zeigen.

Wenn ich von diesem Felsen herunterkommen will – diesem harten, leblosen Ding unter meinen Pfoten, das ich inzwischen hasse –, dann muss ich in den Tümpel und irgendwie den Weg finden, auf dem der Fuchs ihn verlässt.

Aber der Gedanke an das Wasser um mich, das in Maul und Nase dringt und gegen die Flanken drückt, kommt mir schlimmer vor als alles Andere, schlimmer noch als der Mensch, und fegt meine allerletzte Hoffnung beiseite, so lange, bis ich leer bin – eine Leere, die bald von einer jähen, verzweifelten Sehnsucht nach meinem Zuhause erfüllt wird. Dann kehren Erschöpfung und dumpfer Schmerz in meinen Körper zurück, und ich stehe reglos da, als sie kommen, und schaue über die weiße Ebene unter mir, sehne mich nach den Bäumen des Waldes, nach den Gerüchen von Wald und Erde.

Als ich mich von der Kante abwende, taumele ich, und mir wird unausweichlich klar, dass ich immer schwächer werde. Das Zusammentreffen mit dem Schwan, die Täuschung in seinen Augen, falls es eine war, und die geweckte Hoffnung haben all das beiseitegeschoben, aber jetzt befürchte ich, in der allerletzten Schwächephase angekommen zu sein: ein betäubtes, leichtes Gefühl im Kopf, das alles weich macht, was ich sehe, was ich rieche – einen Augenblick lang fühlt sich sogar der Felsen weich unter den Pfoten an. Aber noch stehe ich und bin nicht umgefallen. Es kommt mir so vor, als könnte ich, wenn ich nur wieder unten am Boden wäre statt hier oben in der Falle, so schnell und lange laufen wie immer. Ich würde den Kopf erheben und den Rücken durchdrücken und Strecke machen – und erst wieder tief im Wald anhalten!

Denn wenn ich sterben muss, dann dort – es muss dort geschehen, nicht hier an diesem schroffen, fremden Ort.

Entschlossen tappe ich zum Loch zurück und tauche wieder in die dunkle, übelriechende Höhle ein. Ich krabble schnell vorwärts, dann muss ich innehalten, denn mein Auge hat sich noch nicht an die Dunkelheit gewöhnt, und als es so weit ist, sehe ich, dass sich der Schwan offenbar überhaupt nicht gerührt hat, sondern immer noch an derselben Stelle dahintreibt, vielleicht war ihm klar, dass ich nur zurückkehren konnte. Wut flammt in den Schultern auf und pocht im Kopf, wieder möchte ich mich am liebsten auf ihn stürzen, die Vorderbeine und den Hals um seinen schwachen Hals klammern und ihn an den Grund des Tümpels ziehen. Wie lange würden wir so hinabsinken? Ist der Tümpel so tief, dass wir sterben würden, ineinander verhakt und um uns schlagend, noch bevor wir unten angekommen wären? Ich weiß, dass der Schwan diese Gedanken in mir sieht, denn ich bemühe mich gar nicht, sie zu verhüllen. Ich verberge sie nicht, sondern schwelge in ihnen, zeige dem Schwan immer wieder, dass ich ihn ersäufen würde, dass ich, wenn ich nur stärker wäre und die Kraft meiner Kiefer besäße, ihm die Flügel vom Leib reißen würde, jetzt sofort.

Ich bin überrascht und atme scharf ein, als der Schwan näher kommt, mit angelegten Flügeln und hoch erhobenem

Kopf. Er zeigt keinerlei Angst, und ich denke, vielleicht versteht er mich nicht, vielleicht kann er die Gedanken nicht deuten, die ich ihm zeigen möchte. Aber ich irre mich, denn ich schaue ihm in die Augen, und da erkenne ich, dass er nicht nur alles gesehen hat, sondern auch begreift, was ich selber gerade erst begriffen habe – dass ich ihm diese Dinge als letzte Handlung vor der Unterwerfung zeige, bevor ich ihn anbettle, mir den Weg aus der Höhle zu weisen, so wie dem Fuchs.

Wir verharren mit leergefegtem Kopf voreinander. Vielleicht wird er mich auffordern, mit Nahrung zurückzukehren, als Gegenleistung für den Weg nach draußen. Als Anstoß zeige ich dem Schwan das Bild vom Fuchs, der Fressen ins Wasser fallen lässt, nur ist es diesmal ein Fuchs mit einem größeren und graueren Kopf, dessen einziges Auge voller Abneigung leuchtet. Der Schwan legt den Kopf wieder schief, und in dem gedämpften Aufblitzen seines Auges sehe ich, dass er darauf gar nicht aus ist, ich soll ihn nicht füttern. Stattdessen breitet sich in meinem Innern der Wunsch nach meinem Zuhause aus, denn der Wald ist ebenso sehr ein Teil von mir wie ich von ihm, und mir wird klar, dass der Schwan diesen Samen in mir angelegt hat und aus meinem Wunsch eine verzweifelte und schmerzliche Sehnsucht macht, eine stärkere Lust als jegliche Blutrunst, die ich früher spürte. Er bietet mir mein Zuhause an. Er bietet mir das, was ich mir mehr als alles Andere wünsche, und dann erscheint da noch etwas Anderes in seinen Augen – wir befinden uns unter den Bäumen und im Schnee, mit allen Geräuschen ringsum, aber die Bäume bewegen sich ganz langsam an mir entlang, und der Schnee steigt auf, anstatt zu fallen. Ich bewege mich gar nicht, sondern liege da, schaue hoch und beobachte den Schnee, der auf mich zukommt, erhebe mich in ihn hinein und werde schwerelos.

Die Wahrnehmung des Vogels erschüttert mich. Sieht er so deutlich, dass ich bald sterbe? Ich weiß, dass ich dem Tod nahe bin, aber das in den Augen eines Anderen gespiegelt zu sehen ist neu und schrecklich für mich. Ich habe schon viele betrachtet, die von ihrem Tod umgeben waren – und jetzt ist da ein Wesen vor mir, betrachtet mich und sieht dasselbe. Wie fürchterlich, wenn einen jemand so anschaut!

Er sieht nicht nur meinen bevorstehenden, unentrinnbaren Tod, ich erkenne, dass er begreift, was es bedeutet, wenn einem der Tod folgt, unvermeidlich wie die Wolken hinter dem Mond. Die Gedanken darüber sind so lückenlos in seinem Kopf, dass ich fasziniert bin – ich muss mich geradezu erkundigen, woher er davon wissen kann, frage ihn danach, als wäre er ein Artgenosse. In dem Augenblick, den mein Auge dazu braucht, um seine Frage dem Schwan zu übermitteln, muss ich plötzlich schlucken, da mir klar wird, dass auch das ein Fehler war – denn zum ersten Mal habe ich eine Beute nach ihren Gedanken gefragt, und es gehörte nicht zu dem stillen Austausch vor ihrem Tod. Deshalb rechne ich mit Scham nach dieser Frage, und da ist sie schon, erinnert mich daran, wie schwach ich geworden bin, und quält mich mit Erinnerungen daran, was ich noch vor weniger als einem Tag war. Aber nicht so sehr, dass ich das Auge von dem Tier dort unten abwenden müsste; ich stelle fest, dass ich seinem Blick standhalten kann, und beachte den Drang nicht, durch den Felsspalt auf den Vorsprung draußen zu rasen und mich von dem Kliff zu stürzen.

Der Schwan nimmt mich mit in seine Gedanken, und ich sehe alles mit seinen Augen – das Tageslicht an der Höhlendecke, das plötzlich schwächelt und dann verdeckt ist, als der Fuchs an dem Absatz erscheint und hinunterschaut so wie ich jetzt. Dann taucht eine zweite Gestalt hinter dem Fuchs auf, verschwommen und unregelmäßig, bis das Licht wieder stärker wird, und da sehe ich, dass es ein zweiter Fuchs ist, sie stehen Schulter an Schulter da, zwei Paar Augen und Ohren gebannt auf das gerichtet, was da zu ihnen hochsieht. Ich denke, dass der Schwan vielleicht verwirrt ist, aber dann fällt mir die rote Gestalt ein, die der junge Fuchs voller Angst beobachtet hatte und die an der Felsfront hochkletterte, hinter dem abgestürzten Vogel her. Sie müssen zu zweit gewesen sein – vielleicht war es sein Gefährte. Warum sollten sie in diese stinkende Höhle zurückkehren und diese zerzauste, unwürdige Beute füttern, die sie nicht töten und fressen können, ohne selbst hier in der Falle zu sitzen? Ich will von den Gedanken des Schwans wegschauen, weil ich denke, dass das eine Täuschung sein muss – hier muss Gefahr lauern, wie eine Metallfalle tief unter Zweigen und Erde –, aber der Schwan hält meinen

Blick, und plötzlich empfinde ich Angst, als er das tut – seine grässliche Angst, während er hoch zu den Füchsen sieht, seine ständige Angst beim tagtäglichen Warten auf die kleinen Raubtiere, und jedes Mal, wenn er sieht, wie das Licht verstellt wird, denkt er, dass jetzt sein Tod gekommen ist.

Ja, der Schwan weiß, wie das ist, wenn der Tod einem folgt. Er muss sich doch den Tod wünschen, bei einem solchen Leben. Jetzt ist er noch näher herangekommen. Nahe genug, dass ich, wenn ich wollte, ihn leicht mit einem schnellen Sprung nach vorn ersäufen könnte. Er hält den Hals gestreckt und den Kopf hoch erhoben, aber das Wasser ist weit genug unter mir, dass er selbst mit ganz ausgestrecktem Schnabel nicht an den Felsvorsprung kommt, auf dem ich stehe. In seinen Augen leuchtet Eifer: Er starrt mich mit einem Hunger an, der nicht aus dem Bauch kommt, sondern aus dem Willen – in seinem Blick liegt der böse, verzweifelte Schimmer der Hoffnung, und voller Verachtung und heraufziehendem Entsetzen begreife ich, dass er mich schon am Boden sieht, hinabgezogen von Verletzung und Schwäche. Er sieht mich nicht als denjenigen, der gekommen ist, ihn zu töten, dem Elend seiner ständigen Todesangst ein Ende zu bereiten. Er sieht mich nicht mehr als Wolf, als Killer und Lebensräuber, sondern als das Lebewesen, das ihn retten wird – das ihn aus dieser Höhle befreien wird!

Ich kann nur zurückstieren, während mich heiße Scham durchläuft, dass er mich überhaupt so ansehen kann. Ich weiche von dem Rand zurück, ohne dem Blick des Vogels auszuweichen; der zuckt nicht oder zeigt Angst vor dem Zorn, den er bestimmt in mir sieht. Und obwohl ich in dieser Höhle bin, deren Decke am Rücken, fühle ich mich, wenn ich mein Auge zumache und die hoffnungsfrohe Erwartung des Schwans ausschließe, in den Wald zurückversetzt, spüre die wunderschöne Weichheit des Bodens unter den Pfoten, den Duft der feuchten Erde, den Gesang der Vögel und das Streicheln eines wärmeren Windes. Es ist Herbst, und ich weiß nicht, woran ich mich erinnere, bis ich ein Loch unter einem Baum in der tiefen braunen Erde entdecke – einen alten, unbewohnten Bau, lang verlassen, aber zu dem mich der Geruch eines anderen Wolfs geführt hat.

Ich weiß noch, wie ich, als ich mich vorsichtig dem Bau näherte, schweres Atmen hörte, in der Dunkelheit des Baus konnte ich nichts sehen und hielt inne, um noch einmal am Boden zu schnüffeln, und dann war da, als ich wieder hochsah, ein alter grauer Kopf in der Tiefe des Eingangs – ein Wolf mit einem halb abgerissenen Ohr und den Spuren vieler Jagden oder Kämpfe an seiner langen, dünnen Schnauze. Er war nicht aufgestanden, sondern hatte nur im Liegen seinen Kopf erhoben, um mich zu sehen, und bei seinen Bemühungen, Luft einzusaugen und wieder auszustoßen, bewegte sich der ganze Körper. Ich sah zu, als er seinen letzten Atemzug tat, lauschte dem Pfeifen in der flachen Brust, ohne zu wissen, ob er verletzt war oder vielleicht vergiftet – und er muss die Frage in mir gesehen haben, denn als er ausatmete, lag in seinen blassen, umnebelten Augen plötzlich eine Klarheit. Ich sah die letzten, scheiternden Tage seines Lebens, sah, dass er lange gewandert war, ohne zu fressen, dass er nicht mehr jagen und vor lauter Schwäche nur zwischen den Beutetieren hindurchhumpeln konnte, von denen keines weglief oder Angst hatte, nur ein paar drehten halbwegs neugierig die großen Köpfe nach ihm um, als er vorbeizog.

Mit kaltem Schrecken denke ich, dass ich jetzt auch so geworden bin – der wandelnde Tod, der Jäger, der nicht mehr jagen kann und auf das langsame Verhungern wartet, während seine frühere Beute ihn spöttisch beobachtet. Warum würde mich sonst der Schwan so anschauen, wie er es tut? Wenn ich wirklich so schwach bin, dann kann ich auch nach draußen zur Felswand zurückkehren und vom Rand rutschen, als hätte mich einer geschubst. Aber noch weiß ich, dass diese Schwäche zu weit ginge, und wenn es eine Chance gibt, dass ich nach Hause zurückkehren kann, dann muss ich sie ergreifen, egal wie klein sie ist und in welche Tiefen mich der Weg dorthin führen wird.

Ich stehe immer noch mit geschlossenem Auge da, und als ich es in der feuchten Höhle aufschlage, rechne ich damit, dass mir der Mut sinken und meine neue Entschlusskraft in Gestank und Dämmer dahinschmelzen wird. Aber das Gegenteil ist der Fall. Als ich alles vor mir sehe – den zerrupften Schwan unter mir, die niedrige Felsdecke und das schwarze Wasser, auf dem der Vogel mit seinem lächerlich stolz gereckten Hals dahintreibt –, da weiß ich, dass ich weder hierbleiben noch mich zur Erde hinter mir stürzen werde.

Ich trete nach vorn, bis mein Kopf über das Wasser ragt und ich die scharfe Felskante unter den Pfoten spüre, und starre auf den Vogel hinunter, einen Moment lang weiß ich nicht, was ich tun soll, mein Auge ist leer wie das des Schwans. Dann durchbohrt mich aus der Entfernung der Wald höchstpersönlich, so als könnte er irgendwie den Kopf heben und in die Luft hinausschreien, aber nur ich kann es hören, und dieser Schrei erfüllt mich plötzlich mit Gedanken und Erinnerungen an mein Zuhause, die hell aufscheinen, mit sauberer Luft und schneebedecktem Boden, und so lebendig, dass ich sie vor keinem Anderen verbergen könnte, selbst wenn ich es wollte. Diese Gedanken und meine Sehnsucht danach muss in Strömen aus mir herausfließen, denn der Schwan weicht auf dem Wasser zurück, als er sie sieht, als wären ihre Kraft und Menge ein Wind, der von mir ausgeht. Ich lasse alle Gedanken frei und denke, in meiner Verzweiflung muss der Schwan mich lächerlich finden, wie ich in den höchsten Tönen quieke nach dem, was ich will, als wäre ich ein Welpe oder Kälbchen. Doch unter diesem Schub, der den Vogel auf dem Wasser zurückgetrieben hat, liegt ein anderer, mein ständiges Betteln und Flehen, er möge mir den Weg nach draußen zeigen, wie ein Strom kälteren Wassers am Boden eines Flusses, und er sieht auch das und kommt wieder näher, näher, als er je gewesen ist.

Freudlos erkenne ich, was für ein schönes großes Tier er ist, das mich wirklich tagelang hätte satt machen können.

Jetzt entsteht in seinen Augen ein Bild. Es ist verschwommen, und ich beuge mich noch weiter über das Wasser, um näher heranzukommen, wieder tropft mir Blut vom Kopf in den Tümpel. Das Bild ist dunkel, und ich denke, dass der Schwan nicht weiß, was er mir da zu zeigen versucht, bis ich etwas unter dem Kiefer spüre – den harten Biss des Felsens –, während mich ein leiser Hauch frischer Luft am Kopf kitzelt. Es ist der Schwan, der mich das empfinden lässt, und ich denke, das sind wohl die Dinge, die er spüren, aber nicht sehen kann – vielleicht sogar den Ausgang aus dieser Höhle.

Das ist es, was er mir zeigt, bestimmt! Sein Hals reicht nicht bis zu der Stelle, auf der ich stehe, deshalb kann er nicht selbst entkommen, vielleicht kann er sich nur hochrecken und seinen Schnabel auf den Vorsprung legen, wo es nach draußen geht. Er muss Tage an dieser Stelle verbracht haben, seinen Kopf in den Felsen bohrend im Versuch, sich hochzuziehen, im Wissen, dass die Freiheit darüber wartet, und angelockt durch die Gerüche, die von draußen hereindringen. Bei dieser Aussicht zucke ich aufgeregt, und der Schwan sieht das und zeigt mir daraufhin wieder den Fuchs – einen Fuchs, der schimmert und zu einer größeren Gestalt verwischt, die meine sein könnte. Wieder sehe ich, wohin der Schwan den Fuchs stellt, und dann bin ich unten, im Schwan selber, treibe auf dem Wasser und fühle den

Luftzug, während der Fuchs sich zu dem anderen Sims emporhievt.

Aber ich bin verwirrt. Warum glaubt der Schwan, dass ich mich hier fügsam hinstelle und zu diesem Sprung anleiten lasse? Vielleicht ist das seine Täuschung. Denn wenn es ein Sims gibt und der Fuchs es fast täglich benutzt, dann werde ich es selbst finden und gehen. Doch schon während ich das denke – eine Hoffnung, dass die Flucht einfach wird, bildet sich in mir –, weiß ich auch, dass der Zweifel sie nach unten zieht wie Efeu einen alten Baum. Ich sehe mich in der Höhle um, und meine Hoffnung, ins Wasser zu springen, den Vogel schnell zu töten und dann auf jenem anderen Wege zu verschwinden, ist abgestürzt, löst sich auf in der Dunkelheit, die hinten in der Höhle herabfällt wie ein steinerner Vorhang. Plötzlich ist mir alles klar, und ich betrachte den Schwan wieder und entdecke eine Spur Siegesfreude in ihm, denn er weiß, dass ich begriffen habe, dieser Fluchtweg, dieser Gang, zu dem der Fuchs hochspringt, liegt so tief im Dunkeln verborgen, dass sich der Sprung nur blindlings machen lässt, unmöglich ohne die Hilfe des Vogels.

Ich begreife, dass ich machtlos bin, und er weiß, dass ich das begreife. Seine Augen werden leer, aber in ihnen lässt er mich sehen, was er als Gegenleistung für die Anleitung haben will: eine aufblitzende Vision, als hätte er Angst, sie zu offenbaren, von meinem im Dunkeln weit vorgestreckten Hals, um den der Schwan seinen eigenen grauen Hals wie eine züngelnde Flamme, wie ein Reptil geschlungen hat, und dann trete ich langsam den Rückweg an und zerre ihn aus dem Tümpel in den Gang hoch. Ich soll ihn retten! Er sieht mich mit meinem verletzten Kiefer und glaubt, weil ich schwach bin, helfe ich jetzt einem anderen Schwachen! Vielleicht wagt er mich das zu fragen, weil er sieht, dass ich bald sterbe. Auch er stirbt bald, das wird mir klar – nicht an einer Verletzung oder am Hunger, sondern durch die Füchse, die ihn langsam umbringen, jedes Mal, wenn sie durchkommen: raffiniert, wie es ihre Natur ist, halten sie den Schwan am Leben, bis sie gelernt haben, den Weg allein zu erfühlen, jedes Mal kommen sie dabei einen Schritt weiter, und der Schwan weiß bestimmt, dass sie eines Tages seine Hilfe nicht mehr brauchen werden, um hinauszugelangen – eines Tages werden sie mit leerem Maul ankommen, und dann weiß der Schwan, dass er seinen letzten Atemzug getan hat. Die Füchse – sie werden ihn töten, sich an seinem Fleisch gütlich tun und dann, ohne Hilfe, ihren Weg nach draußen durch die Dunkelheit finden.

Der Schwan sieht zu mir hoch und hofft Zustimmung aus meinem Geist zu saugen. Ich mag ja geschwächt sein, aber er ist wesentlich schwächer als ich – soll er ruhig glauben, dass ich ihm helfen werde. Es macht mich krank – wie kann er hoffen, meine Natur so gründlich zu verändern, dass ich ihm aus dieser Höhle heraushelfe –, aber ich muss mitspielen, muss zu dem werden, der ich für ihn sein soll. Schließlich muss er mir als Erstes den Weg nach draußen zeigen.

Ich muss die Schande der Verbundenheit mit ihm nur lange genug ertragen, bis ich den Gang dort hinten im Dunkeln erreicht habe, das mir, auch wenn ich jetzt hinsehe, immer noch absolut undurchlässig erscheint. Er muss mir zuerst den Weg nach draußen zeigen, bevor ich ihm helfen kann, was habe ich also zu fürchten? Angst habe ich nur davor, etwas zu tun, das ich nicht tun will. Das wird mir klar, und während die Möglichkeit, ihn zu täuschen, meine Macht über ihn zu nutzen, sich verfestigt – etwas, in das mein Geist seine Zähne schlagen kann –, kehrt auch meine Kraft zurück, deshalb lasse ich den Blick zum Wasser sinken und erneut zum Schwan schwenken, lasse Zustimmung darin aufschimmern, und Zorn und Willenskraft dahinter lauern wie die Hitze in einer Feuersglut.

Einen Moment lang rührt sich der Schwan nicht, und ich beobachte ihn aufmerksam, um festzustellen, ob er die Täuschung durchschaut hat. Aber er ist so erfüllt von plötzlicher Hoffnung, dass ich mir keine Sorgen mache, und als ich seine Augen im Dämmerschein glitzern sehe wie nasse schwarze Steine, als sich der Kopf auf dem abgeschürften Hals erwartungsvoll hin und her wiegt, da steigt Verachtung in meinen Schultern hoch. Er verströmt Freude und Aufregung wie einen Duft, in der schmerzhaften Anspannung, wenn etwas Ersehntes ganz nahe ist – etwas, das er nie zu erleben glaubte und das die großen geschwungenen Federn seiner Flügel vorfreudig erbeben lässt. Ich betrachte diesen Vogel mit seinem ergrauten, schmutzstreifigen Körper und bin plötzlich neidisch auf seine Hoffnung, die das zerzauste Gefieder flattern lässt – auf seine Überlebenschance. Wie grässlich, die Aussichten eines Anderen zu erblicken, wenn man selber keine hat!

Ich versuche, an meine Befriedigung zu denken, wenn ich ihn hier zurücklassen werde, mit den Gedanken lecke ich an den Rändern dieses Zurücklassens wie mit der Zunge an der Hüfte irgendeiner Beute, aber selbst diesem kleinen Vergnügen kann ich mich nicht richtig hingeben, falls der Schwan etwas davon mitbekommt. Stattdessen zeige ich erneut meine Bereitschaft, ihm zu helfen, und der Schwan rutscht auf dem Wasser ein Stück zurück, macht ein Stück glänzende schwarze Oberfläche für mich frei, eine Einladung. Zögernd verlagere ich das Gewicht auf die Vorderpfoten, zum Rand des Felsvorsprungs, und schnüffele unwillkürlich an dem Wasser unter mir, abgestoßen von dem schweren Geruch nach stehendem Gewässer und Verrottung. Ich habe Wasser nie besonders gemocht, ich weiß zwar, dass ich kraftvoll schwimmen kann, aber in diese ölige Dunkelheit zu springen ist eine andere Sache. Der Schwan bleibt auf Position in der Mitte des Tümpels und lässt den Blick nicht von mir, seine Augen und Haltung drücken die Absicht aus, mich zu sich zu ziehen, bitten mich zu springen – er wünscht und fleht mit aller Macht, dass ich einen Schritt nach vorn tun möge, hinunter von dem Felsen, den ich so sicher unter den Pfoten habe.

Ich weiche zurück und kauere mich in Vorbereitung des

Sprungs nieder. Plötzlich vermute ich eine Falle – der Schwan täuscht mich bestimmt, und ich werde in diesem grässlichen Wasser ertrinken, vielleicht wird er sogar selbst versuchen, mich zu ertränken oder mit seinen Flügeln nach mir zu schlagen. Aber ich weiß, dass das nur meine Angst vor dem Bevorstehenden ist, denn was ich in den Augen des Schwans gesehen habe – die Hoffnung auf Freiheit, an der er sich jetzt festhält –, kann nichts Anderes sein als die Wahrheit. Ich habe in diesem Blick nach Täuschung gesucht, denn dann wäre seine Hoffnung eine Lüge gewesen, und ich hätte sie mir nicht anschauen und sie nicht hassen müssen. Aber da war keine Täuschung, ich zögere nur noch hinaus, was folgen muss.

Also drücke ich mich tiefer auf die Hinterbeine, noch tiefer, ich höre mein Herz ticken, und dann springe ich nach vorn und fliege abwärts durch die Luft, viel zu kurz, bevor ich auf dem Wasser aufschlage, alle viere von mir gestreckt und den Kopf hoch über die Flüssigkeit erhoben, die mich schnell an Hals und Rücken umgibt – stinkend, kalt, zäh, mehr Schlamm als Wasser. Dann kämpfe ich, schwimme vorwärts, ohne zu wissen, wohin ich soll, vollführe im Wasser eine Kehrtwende auf der Suche nach dem dahintreibenden Vogel, und die ganze Zeit schwindet meine Muskelkraft allmählich, das Wasser saugt an den paddelnden Gliedern, mit jedem Schwimmzug kämpfe ich dagegen an. Noch eine Kehrtwende, und plötzlich ist der Vogel neben mir; mühelos gleitet er vor mich, und als ich seine grauen Umrisse sehe, folge ich ihm, fieberhaft bemüht, innerhalb des Wellenrunds zu bleiben, das er beim Schwimmen macht.

Der Schwan führt mich immer tiefer in die Höhle hinein, das Licht wird schwächer, bis ich gerade noch seine Umrisse ausmachen kann. Dann ist es auf einmal stockfinster, ich bin verloren – ich kann den Schwan nicht mehr sehen und seine Bewegungen weder riechen noch hören. Doch da spüre ich einen Druck an der Flanke, nicht hart wie Stein, sondern weich, die Wärme lebendigen Fleisches, und während ich weiterschwimme, schiebt er mich oder treibt ein Stück weg, so dass ich ihm mit aufsteigender Panik hinterhermuss, um seine Wärme in der Dunkelheit wiederzufinden.

Ich schwimme unter der Führung des Schwans, und es erscheint mir viel zu lang – die Höhle kann doch nicht so groß sein! In den Beinen habe ich überhaupt keine Kraft mehr. Das Wasser geht mir bis zum Auge und komplett über Rücken und Schultern, und ich hebe die Schnauze, als wollte ich heulen, um an die Luft über der Oberfläche heranzukommen. Es ist, als käme ich gar nicht voran, sondern würde nur strampeln, um nicht unterzugehen, und als ich gerade denke, es ist unmöglich, noch ein einziges Mal zu paddeln, kratzen meine Krallen über etwas Hartes, Festes im Wasser vor mir. Ich krabble vorwärts und merke, dass der Felsen unter Wasser langsam ansteigt – aber durch vorsichtiges Vor- und Zurückwaten stelle ich fest, dass der weiche Stein nirgendwo die Wasseroberfläche durchbricht. Auf seinem höchsten Punkt sind meine Pfoten also immer noch völlig von der widerwärtigen Flüssigkeit umgeben. Aber immerhin stehe ich auf so etwas wie Land und muss nicht mehr gegen das zähe Wasser ankämpfen. Ich rühre mich nicht und ziehe flach Luft ein, mein Kopf verschwommen-leicht und mit sachten Schmerzen, Glieder und Hals sind fühllose Schatten früherer Bewegung.

An der Seite höre ich das Geräusch plätschernden Wassers, dann ein lauteres Klatschen: Der Vogel kommt offenbar auf mich zu, im Dunkeln unsichtbar. Ich spüre den plötzlichen Druck eines Schnabels am Bein, der mich energisch anstößt – unangenehme schnelle Stupser, die mich ärgern, ich möchte am liebsten zuschlagen, demjenigen den Hals brechen, der es wagt, mich anzufassen. Dazu habe ich nicht mehr die Kraft, und selbst wenn, bin ich mir nicht sicher, ob ich es täte – der kurze Moment der Befriedigung wäre kein Ausgleich für das langsame Verrecken in dieser Höhle –, also senke ich den Kopf und lasse mich stupsen und schubsen. Es ist vollkommen dunkel, aber ich schließe mein Auge und füge mich, und obwohl ich mich ein wenig schäme, bin ich auch erleichtert – einen Augenblick lang bin ich nicht mehr ich selbst, habe weder meine alte Kraft noch die Gelüste oder Begehren, die damit einhergehen. Ich bin nichts und fühle mich, als wären meine Knochen ebenso hohl wie die eines Vogels.

Dann ist Schluss mit der Führung. Ich höre ein Rascheln und das Wispern leiser Wellen und stehe allein da, vor einer schwarzen Wand aus Dunkelheit, die Pfoten im Wasser bis ins Mark durchgefroren. Der Schwan hat sich zurückgezogen, und ich höre ihn seitlich atmen. Jetzt zischt er, ein scharfer Laut, der in der widerhallenden Felshöhle kreist, teils fordernd, teils bittend, um mich zu einem Sprung nach vorn zu bewegen – dasselbe furchtbare Zischen, das der Schwan von sich geben würde, wenn ich sein Junges im Maul hätte.

Ich hebe den Kopf und wittere die Schwärze vor mir, suche nach dem Duft frischer Luft, der die Öffnung eines Gangs nach draußen verraten könnte – aber entweder ist der Gestank des Wassers zu überwältigend, oder es gibt keinen, denn ich kann kein bisschen von dem sauberen Winter da draußen riechen. Wieder höre ich den Schwan neben mir zischen. Jetzt ist es nicht mehr so schlimm – es klingt eher verzweifelt und schwach als nach einem Tier, das mir mit einem Flügelwischer das Kreuz brechen könnte. Ich will seiner Anweisung nicht folgen; ich will nicht blindlings in die Finsternis springen oder überhaupt von irgendjemand anders als mir selbst zum Springen gebracht werden, und kurz gesellt sich Dickköpfigkeit zu dem eisigen Gefühl an meinen Pfoten, als ich mir vorstelle, wie befriedigend es wäre, einfach hier zu stehen, während der Schwan enttäuscht die faule Luft einsaugt und wieder auszischt. Aber sehr befriedigend wäre es wohl kaum, solange ich hier mit den Pfoten im Wasser bleibe. Dann beruhigt sich etwas in meinem Innern, und ich ducke den Körper, die Beine straff wie junge Bäume, konzentriere mich auf nichts als mein Zuhause und springe nach vorn ins Dunkle, mit aller Kraft, die ich noch habe. Als ich keinen Boden mehr unter den Pfoten spüre, wappne ich mich für den Aufprall auf Stein oder Wasser. Ich bin unerträglich lange in der Luft unterwegs und weiß, jeden Moment wird etwas Hartes, Unbekanntes aus dem Nichts heraus nach mir schlagen. Dann geschieht es, und ich bin überrascht – plötzlich ist da Stein unter mir, und obwohl ich nicht im Gleichgewicht bin und strauchele, ist es nicht schlimmer, als auf dem Erdboden auszurutschen.

Langsam rapple ich mich auf, eine Hinterpfote rutscht ins Leere, bevor ich sie wieder anziehe – das muss die Kante zum Tümpel hinter mir sein. Ich kann stehen, und als ich den Kopf hebe, merke ich sogar im Dunkeln, dass über mir noch Platz ist, und was ist das? Da kommt ein hauchdünnes Lüftchen von draußen herein – ein schwacher Geruch, aber er hat eine Richtung, ist eine Spur, der ich folgen kann –, und als ich mich von der scheußlichen Höhle entferne, durchzieht mich erste Freude über die Freiheit. Obwohl ich genau weiß, dass das Einbildung ist, fühlt es sich an wie die erste echte Freude, die ich jemals erlebt habe, wie Sonnenschein, wie der Nachthimmel und der Geruch von frischem Schnee.

Ich habe erst wenige Schritte gesetzt, als ich das Geräusch hinter mir höre. Zuerst platscht es im Wasser, dann schlägt irgendetwas langsam vor sich hin und wird immer schneller, bis es wie Raserei klingt, Luft und Wasser werden zu einer wirbelnden Masse Lärm gequirlt, so als wäre der Waldboden zu Wasser geworden und alle Bäume stürzten gleichzeitig hinein. Über diesem grässlichen Herumschlagen glaube ich ein Jaulen zu hören, einen verzweifelten Schrei, der auch an Zischen erinnert, ein Ausspucken von Luft in Wut und absoluter Verzweiflung – ein entsetzlicher Laut des Leidens, der mich erstarren lässt, als würde ich zu Eis.

Ich bin stehen geblieben, aber das Getöse hinter mir geht weiter. Ich höre die Flügel des Schwans gegen die Felswand unterhalb des Gangs schlagen, seine Füße trampeln im Wasser und versuchen, seinen Körper nach oben und hinaus zu schieben – dazu das scharfe Klacken seines Schnabels, der im Stein nach Halt sucht, als könnte sich das Tier nur mit Hilfe seines dünnen, schwachen Halses hinausziehen. Ich drehe mich um, und die Geräusche beruhigen sich allmählich – die klatschenden Flügel werden langsamer, als der Schwan ermüdet, der Schnabel schlägt weniger häufig gegen den Felsen, und ich stelle mir vor, wie der Vogel den Kopf nach vorn und nach oben wirft, aber mit immer weniger Schwung und Hoffnung. Doch während er sich matter und matter abkämpft, erhebt sich über dem Schwappen des aufgewühlten Wassers an den Tümpelufern ein hartes, scharrendes Geräusch, als würde irgendein Lebewesen atmen und zugleich ersticken – das muss der Schwan sein, der erschöpft keuchend die verstunkene Luft seines Gefängnisses einsaugt. Ich lausche seinen jämmerlichen Atemzügen, Körper und Lungen müssen aufschreien vor Anstrengung und erhalten sie automatisch aufrecht, nicht damit er am

Leben bleibt, sondern damit sein furchtbares Leiden weitergeht, ein mechanisches Einsaugen und Auszischen ohne echten Lebenswillen – ich lausche diesen widerhallenden Atemzügen, und meine Schritte stocken.

Wie gern würde ich mich umdrehen und diesem Vogel das letzte bisschen Leben aus dem Hals wringen!

Ich stehe hier, halb umgewandt, unter mir der Fels, in Reichweite Flucht und Freiheit, doch hinter mir leidet eine Kreatur so wie all die anderen vor ihr – eine Kreatur, an der ich versagt habe, eine Kreatur, die ich nicht töten kann und in ihrer Verzweiflung strampelnd zurücklassen muss. Ich stehe hier, lausche dem schwächer werdenden Japsen und stelle fest, dass mir der Schwan leidtut. Aber sie haben mir eigentlich alle wegen ihrer furchtbaren Qualen leidgetan, alle, die ich jemals gerissen und niedergemacht und gefressen oder einfach bloß für die Krähen und Insekten liegengelassen habe. Sie alle tun mir leid, weil sie schwach sind! Weil sie schwach sind, voller Mängel und dazu verdammt, über die Erde zu fliehen, im Hintertreffen und entsetzt darüber, solange es mich gibt, der ich, stärker und schneller und auch geistig flinker, aus der Dunkelheit blitzschnell und mit brennenden Augen über sie kommen muss, um meinen Hunger zu befriedigen, ihr Killer. Und obgleich ich immer wusste, was Mitleid ist – obgleich ich immer rannte und knurrte und Fleisch zerriss, dessen bitterer Geschmack mein Maul erfüllte, erlebe ich erst jetzt, wo ich nicht mehr stark bin, dass dieses Mitleid mich zögern lässt, meinen

Muskeln Einhalt gebietet und sie von den Spitzen meiner Zähne trennt. Jetzt bin ich schwach wie sie. Meine Verletzung hat mich hinabgerissen, voller Angst vor Tod und Leiden musste ich unter ihnen umherziehen, und wo ich früher nur wusste, was Mitleid ist, kann ich es jetzt, wo ich schwach bin, fühlen.

Stumm drehe ich mich um und nähere mich dem Tümpel wieder. Beim Näherkommen höre ich die Atemzüge des Schwans in der Höhle widerhallen, das Schwappen des Wassers an die felsigen Ufer. Ich denke, dass der Vogel alle Hoffnung verloren haben muss, denn wenn er aufmerksam gelauscht hätte, wären ihm die kleinen Scharrgeräusche nicht entgangen, die meine Pfoten machen und die ich mit behutsamem Auftreten zu vermeiden suche – oder vielleicht hört er sie auch und glaubt nicht daran oder begreift nicht, warum ich zurückkommen sollte. Ich krieche wieder auf ihn zu, immer noch heimlich, weil ich Angst habe – ich fürchte die schrecklichen sinnlosen Laute seines erneuten Kampfs um Freiheit –, und falls es eine Chance gibt, unbemerkt umzukehren und zu verschwinden, werde ich mich nicht durch irgendwelche Geräusche verraten. Vielleicht würde es nicht einmal ich schaffen, wieder zu gehen, wenn ich das noch einmal hören müsste – diesen Kampf, den ich nicht mit dem Tod beenden kann, wie ich es so gerne täte, vielmehr ein Leiden, das ich durch Hilfe beenden muss: eine Tat, die mir zuwider ist, aber eine Regung, die mich gegen meine Natur hier hält.

Ich bin nahe genug dran, um zu wissen, dass mich jeder weitere Schritt wieder kopfüber ins Wasser befördern könnte, deshalb krieche ich zögernd vorwärts, suche nach der Felskante, eher tastend als gehend. Ich kann den Schwan riechen und sein pfeifendes Keuchen nicht weit entfernt im Dunkeln hören. Diese Atemzüge – ich hasse jeden einzelnen davon und ihren Klang bis ins letzte bisschen! Hier im Dunkeln gibt es nur den Geruch des Schwans und sein Atmen, aber dieses Geräusch erfüllt meinen Kopf, so wie Schnee in ein Baumloch fällt und es ausfüllt. In einem schillernden Durcheinander sehe ich vor mir, wie der Vogel hätte sein können und wie er wirklich ist – und ebenso, wie ich war und was aus mir geworden ist. Jeder Atemzug, den ich höre, ist wie ein Ding, das nach mir schlägt oder beißt, und während mein Körper reglos bleibt, wird irgendetwas in meinem Innern zusammengepresst, kleiner und kleiner, bis es wie Stein ist.

Plötzlich reißen die Atemzüge ab, und dann herrscht die tiefe Stille zwischen zwei natürlichen Feinden, die einander belauern: eine ruhige, solide Stille, in der der kleinste Laut zu einer überdeutlichen Geste wird. Ich gebe dem Schwan kein Zeichen. Ich klammere mich an der Hoffnung fest, dass ich vielleicht unentdeckt bleibe, wie ein junges Reh, das unbeweglich wie ein Stein im hohen Gras sitzt. Doch das Blut, das mir langsam aus der Kopfwunde läuft und sich im Maul ansammelt, tropft von dort ins Wasser unter mir, und dieses Geräusch muss der Schwan als abweichend von den anderen

Tropflauten empfinden, denn sein Atmen hat wieder eingesetzt, und ich höre es auf mich zukommen, die scharrenden Atemzüge nähern sich, dann plätschert unter mir Wasser.

Wenn ich jetzt umkehre, geht das Geräusch wieder los, wie er gegen den Felsen und das Wasser kämpft – ein Geräusch, das mir die Muskeln von den Knochen zieht –, das kann ich nie wieder hören, wenn ich es nicht auch zu einem Ende bringe. Aber ich kann mich nicht überwinden, dieser Kreatur zu helfen – ich kann mich nicht überwinden, den Kopf zu senken und den Klammergriff seines schlangenartigen Halses um den meinen zu spüren. Es liegt nicht in meiner Natur – nicht in unserer Natur, weder der des Vogels noch meiner, dass wir derart aneinandergekettet sind: dass der Schwan gerettet werden will und dass ich zögere, ihn hier zurückzulassen. An jedem anderen Tag meines Lebens wäre ich längst weg gewesen. Nur jetzt zögere ich, nur in diesem ganz bestimmten Augenblick, und das muss daran liegen, dass ich verletzt bin – das Blut, das mir von Kinn und Hals rinnt, will mit sich nehmen, was ich bin und was ich war, und das Gefühl dessen betäuben, was unter meinen Pfoten liegt. Aber jetzt fühle ich es – ich fühle den kalten Stein unter den Krallen, und mit erhobenem Rücken und Kopf bewege ich mich rückwärts, weg von dem Tümpel, rasch und ohne Heimlichkeit, mit den Krallen kratze ich langsam über jede Rille in dem glatten Felsen, und so muss der Schwan ganz deutlich hören, dass ich gehe.

Ich drehe mich um und tappe den Gang entlang, erwarte

jeden Moment, wieder seine zerzausten Flügel schlagen zu hören, aber da kommt nichts. Hinter mir ist nur Stille – eine Stille, die für absolute Resignation steht, wie mir klar wird, er fügt sich in das Grauen, in seinen sicheren und nahen Tod. Diese Stille ist für mich noch schlimmer als der Lärm seines Kampfes und sogar seine verzweifelten Atemzüge, denn ich weiß, dass er darin alles sieht, was geschehen ist, und alle Qualen, die noch kommen. Es ist einverständige Stille – wie das letzte Entsetzen im Auge des Hasen, wenn sein Körper schlaff wird, weil er sich fügt, dieser für mich widerlichste Augenblick überhaupt, wenn sie aufgeben und wissen, sie werden geschlachtet, und ich muss sie schnell töten, um das Grauen zu beenden, um die Schwäche meines Mitgefühls für sie hinwegzufegen mit scharf gebleckten Zähnen und zermalmenden Kiefern. Und jetzt lebe ich in diesem Moment – einem Moment, der kurz sein sollte und sich endlos vor mir ausdehnt: Wenn ich jetzt aufbräche und versuchte, nach Hause zu laufen, würden auf meinen schwachen Beinen zusätzlich noch die Scham und die reine, niederschmetternde Traurigkeit lasten, dass ich eine leidende Kreatur zurückließ, ohne sie zu ihrem Ende zu bringen – ein neuer Schmerz, den ich nicht ertrage und der mich rasend zornig macht.

Ich kehre abrupt um und gehe wieder auf den Geruch des Wassers zu. Ich erreiche den Felsrand und lausche, wo der Vogel ist, frage mich, ob er zum anderen Ende der Höhle zurückgeschwommen ist – doch dann höre ich seine gedämpften, müden Atemzüge irgendwo unter mir, nicht weit. Vielleicht denkt er, ich wäre zurückgekommen, um ihn zu foppen, denn wie es scheint, bewegt er sich nicht im Dunkeln, und in meinem Zorn stoße ich ein leises, wogendes Grollen aus, halb Ruf, halb Drohung – ein Knurren, das das Blut in meinem Maul zu einem dicken Schaum aufschlägt, bis es zwischen meinen Zähnen hindurchsickert. Ich höre etwas im Wasser auf mich zukommen, langsames, bedächtiges Paddeln, das mir eindeutig mitteilen soll, der Schwan nähert sich, ein Geräusch, dem jegliche Arglist zu fehlen scheint, das nur eine schrecklich raunende Entschlossenheit in sich trägt. Jetzt spüre ich, wie sich etwas unter meinen Pfoten regt, der Schnabel des Vogels sucht tastend im Dunkeln nach mir – eine derart zögerliche Nachforschung, dass ich seine schiere Ungläubigkeit vor mir sehe, oder bin ich selbst so davon erfüllt?

Langsam senke ich den verletzten Kopf, wappne mich innerlich gegen den starken Geruch des Schwans und die weiche, eklige Berührung seines Halses, der sich plötzlich aus der Schwärze erhebt und an den meinen klammert, mich umschlingt, ein Kontakt, der mir zuerst unerträglich vorkommt, ich will ihn heftig abschütteln, doch dann ist er mir in seiner verblüffenden Kraft fast tröstlich, nicht der kalte, schlaffe Griff, den ich erwartet hatte. Ich trete langsam zurück und fühle das Gewicht des Vogels, den ich hochhieve – ein Gewicht, das mir anfangs zu schwer ist, dann aber überraschend leicht wird. Es ist, selbst in meinem geschwächten Zustand, kaum anstrengend und bald getan.

Dann steht der Schwan, aus dem Tümpel befreit, auf dem Fels vor mir, ich schüttele seinen Hals ab und wirble herum, tappe blindlings den Gang entlang, taumele auf der unebenen Oberfläche, reibe mich an den ungesehenen Wänden und laufe fort, hinaus, weg von der Höhle.

Der Gang ist lang, und ich stolpere oft über seine versteckten Kanten, aber je stärker der Duft der frischen Luft wird, desto rascher bewege ich mich voran, ohne aufzupassen oder auf die kleinen Schürf- und Schnittwunden an den Beinen zu achten, nicht mal auf den hämmernden Schmerz, der mir beim Stolpern in den Kopf schießt, denn ich rapple mich schnell wieder auf und laufe weiter, angetrieben von dem, was hinter mir liegt, hoch- und vorangezogen von dem Blut, das ich noch in der Brust habe. Als ich das erste Mal glaube, in dem Schwarz vor mir eine Spur Grau zu entdecken, sage ich mir, dass ich mich täuschen muss, aber dann kann mein Auge plötzlich Umrisse im Dunkeln ausmachen, der Gang erstreckt sich in seltsamer Klarheit vor mir, während ein Hauch kalter, sauberer Luft in großartiger Frische über mich hinwegstreicht. Noch eine Biegung, und plötzlich sehe ich das gleißende Tageslicht, umrahmt von der runden Öffnung des Tunnelausgangs, und als ich es erblicke, packt mich die Erleichterung, dass ich aus der stinkenden Enge der Höhle befreit bin, auch wenn die Freude sofort gedämpft wird durch die Erkenntnis, dass ich gefährlich und dauerhaft geschwächt bin und es wohl nicht lange werde genießen können.

Doch mit der Frische der Winterluft dringt auch eine Witterung zu mir, die zwar unerwartet ist, aber kaum überraschend. In dem Licht tauchen zwei verschwommene Umrisse auf, undeutlich in der blendenden plötzlichen Helligkeit, aber passend zu ihrem charakteristischen Geruch, an dem man augenblicklich die kleinen, raffinierten Räuber erkennt, die sie sind. Ich komme langsam näher und stehe vor den beiden roten Füchsen – der eine das junge Männchen, das mich hierhergeführt hat, der andere ein älteres Weibchen, nicht seine Gefährtin, wie ich gedacht hatte, sondern seine Mutter. Der Junge hat Angst, behält mich furchtsam im Blick, mit zitternden und bebenden Beinen, als wäre ihm kalt von dem Wind, der sein Fell plustert. Aber ihm ist nicht kalt, er hat bloß Angst, anders als seine Mutter, die friedlich dasteht, den zarten Kopf hoch erhoben, die Spitzen ihrer kleinen Zähne entblößt unter dünnen schwarzen Lefzen, und die grünen Augen sind so kalt wie Stein und starren mich mit boshafter Erwartung an. In diesem Blick liegt all das Tödliche der weiblichen Brutalität, die Wildheit, mit der die Jungen geliebt und geschützt werden, koste es, was es wolle – der Willen und die Stärke, in deren Mittelpunkt nichts als unberührbare Kälte herrscht. Dieses Wesen ist blind und taub für alles Andere, ob Ruf oder Signal.

Während die Füchse mir den Weg versperren, höre ich hinter mir ein kaum vernehmbares Geräusch – es ist so schwach, dass die Füchse es entweder nicht hören, weil dort, wo sie stehen, der Wind lautstark in die Öffnung bläst, oder sich aus Berechnung nicht anmerken lassen, dass sie den Schwan gehört haben, er muss es sein, nur er kann es sein, immer noch außer Sicht, verborgen hinter der unsichtbaren Biegung des Gangs. Ich stehe da und mustere die beiden roten Gestalten vor mir, die immer noch reglos bleiben, vom Zittern des Jungfuchses abgesehen, und plötzlich erfüllt mich widerstrebend grollende Bewunderung für ihre Tücke, die Gerissenheit, die sie hierhergebracht hat in der Hoffnung auf eine Mahlzeit, und die erwarten sie geduldig im Hinterhalt – eine Raffinesse, die ich selbst einsetzen würde, wenn ich noch meine Kraft und Klugheit hätte statt dieser schläfrigen Schwäche, die mir um Kopf und Körper kriecht.

Wie muss ich in ihren Augen aussehen, wo mir das eigene Blut zu den Pfoten hinabrinnt. Ich weiß jetzt, dass ich es nicht nach Hause schaffen werde, mein Körper hat nur noch die Energie, um ein letztes Mal in meiner Willenskraft zu verschwinden. Ich fühle, dass ich bald sterben werde, schon fast tot bin – ich kann es fühlen, und nichts könnte mich jetzt in den Wald zurückbringen. Aber mich soll kein Mensch getötet haben! Nicht allein seine Waffe soll es gewesen sein, und mit diesem Entschluss, der mich den Boden unter den Pfoten spüren lässt, nehme ich all meine Kraft zusammen, schnelle auf den jungen Fuchs zu, so flink und schwungvoll, dass er nicht reagieren kann und wieder in den Schnee gestoßen wird. Matt wende ich mich der Füchsin zu, aber sie ist schon auf mich losgegangen, ich spüre ihre Zähne an der

Kehle, deren Schärfe das Einzige ist, was mein Körper noch empfindet, als mir der letzte Atemzug aus den Lungen keucht, das letzte Blut aus dem Kopf sickert.

Und während mich allmählich eine Kälte jenseits von Schnee und Eis des Winters auskühlen lässt – eine Müdigkeit, die weiter geht als Erschöpfung und mir langsam das verbliebene Auge zudrückt –, denke ich an den Schwan und die Wolke, die ich erblicke, und dass Wolken manchmal aussehen wie Lebewesen.

DANKSAGUNG

Mein Dank gilt Barry Holstun Lopez für sein wichtiges Buch *Of Wolves and Men*, das ich als Kind gelesen und nie mehr vergessen habe.